中國古典文學基本叢書

元次山集

〔唐〕元結著
孫望校

中華書局

圖書在版編目(CIP)數據

元次山集/(唐)元結著;孫望校. —北京:中華書局,
2022.11(2025.1重印)
(中國古典文學基本叢書)
ISBN 978-7-101-15879-3

Ⅰ.元… Ⅱ.①元…②孫… Ⅲ.中國文學-古典文學-作品綜合集-唐代 Ⅳ.I214.222

中國版本圖書館CIP數據核字(2022)第161752號

責任編輯:劉 明 孟念慈
責任印製:韓馨雨

中國古典文學基本叢書
元次山集
〔唐〕元 結 著
孫 望 校
*
中華書局出版發行
(北京市豐臺區太平橋西里38號 100073)
http://www.zhbc.com.cn
E-mail:zhbc@zhbc.com.cn
大廠回族自治縣彩虹印刷有限公司印刷
*
850×1168毫米 1/32·8½印張·2插頁·151千字
2022年11月第1版 2025年1月第2次印刷
印數:3001-4500冊 定價:38.00元

ISBN 978-7-101-15879-3

出版説明

本次再版《元次山集》，以中華書局一九六〇年孫望先生校本爲基礎，我們做了以下幾項工作：

一、覆校底本，訂正文字訛誤。

二、覆核校勘記，對顯誤或前後表述不一的内容做了改訂。但原校勘記徵引豐富，其中難以目驗或確定版本的内容，仍從其舊。

三、一九六〇年本僅斷句，今爲施加新式標點。

四、在一九六〇年本中，孫望先生的繫年和校勘記均以雙行小字形式列於正文之下。現將這部分文字移至各篇之末，以與底本原注相區別。

五、《全唐詩逸》中以《海陽泉》爲首的組詩經今人論證，多認爲是元結之作。現將此組詩編爲補遺，附於十卷之末，供讀者參考。

由於學力有限，錯訛在所難免，敬希讀者批評指正。

中華書局編輯部

二〇二二年八月

前言

一

元結，字次山。他是生長在杜甫時代的一個進步的詩人、散文家，又是一個富於正義感、關心人民疾苦與祖國安危的政治家。元氏祖先本是北方鮮卑族人，姓拓跋，到北魏七代孝文帝宏時纔改爲元姓。元結就是北魏王族常山王遵的後裔。從他的高祖元善禕、曾祖元仁基以至祖父元亨等幾代，都做着李唐王朝的中下級官吏。元亨曾説：「我承王公餘烈，鷹犬聲樂是習。」（《新唐書·元結傳》）這句話一方面道出了元結祖代的官僚地主階級身份，同時也顯示了那種以鷹犬射獵爲事的北方民族的生活特徵。但是元亨並不以這種生活傳統爲然，他决計「以儒學易之」。元結家庭的漸漸轉而習儒，恐怕就是從他祖父一代開始的。元結的父親元延祖雖也兩度出任地方小吏，可是由於素性恬淡，不慣官場生活，所以不多久就挂冠歸田了。

元結祖輩世代居住太原，到了元延祖時纔徙家魯山縣（在今河南省）商餘山下。元延祖自定居魯山以後，過的是「可適飢飽」的耕隱生活。如果以此和他祖輩「我承王公餘烈」

的勢派相比，顯然，元氏家庭至此已是一個衰敗了的官僚地主家庭了。

元結没有親兄弟。《全唐詩小傳》和其他一些書把詩人元融（字季川）説成是他的親兄弟，那是錯了〔二〕。事實上元融只是他的從弟。

對於元結曾起過較大教育作用的，乃是他的從兄同時也是作爲業師的元德秀（字紫芝）。元德秀是元氏大家庭裏自從轉而習儒以來以「才行第一」而登進士第的一個。他家境貧苦，秉性純樸，立身理政，動師古道。特别是當他任魯山令時，有着不少品德動人的故事在人們口頭流傳着。元結親承教誨，自然，在思想作風上會受到他的深刻影響。

元結就是在這樣一個家庭環境裏成長起來的。他的性格特點是剛直、熱情。生活作風是敦實儉樸。除具有濃厚的儒家思想以外，他還有一定程度的道家思想。所有這些特點，都和民族氣質的承襲以及社會環境和家庭教育的影響有着不可分割的關係。

二

元結生於唐玄宗李隆基開元七年（七一九），卒於代宗李豫大曆七年（七七二）。他的一生，正值唐帝國從歷史上號稱爲開元之治的盛世，經歷了安史之亂而逐漸走向衰落的階段。

元結是在開元二十三年（七三五）十七歲時纔開始「折節向學」的。他的業師就是上文提到的那位品學俱全的宗兄元德秀。這時間大約經過十年左右。

天寶五載（七四六），元結曾順着運河到淮陰一帶漫游。這年恰值大水，河堤潰決。元結目睹百姓溺斃、廬舍漂没的慘象，而且聽到了人民冤怨詛咒的歌謡。他以激動的情緒寫下了《閔荒詩》。這是現存元結作品中寫作時間最早的一首詩。詩，表面看來是在指責歷史上有名的昏君隋煬帝楊廣，實則字裏行間却在暗暗地影射驕奢淫佚的「時主」。這種借古刺今的手法，正是封建時代進步詩人所常用的表現手法之一。

歷代統治階級總是慣於利用科舉制度來作爲牢籠地主階級子弟和一切文士的手段，在唐朝也不例外。當元結還是個青年的時候，他滿懷着用世的熱情，渴望能爲國爲民做一番事業。「當時叟方年少，在顯名迹」（《文編序》），「往年壯心在，嘗欲濟時難」（《漫酬賈沔州》），正是他後來回憶少壯時代思想情況的自白。元結既然有自己的事業打算，自然也惟有希望通過科舉這一途徑來實現他的理想。

天寶六載（七四七），元結二十九歲。這一年，他乘着唐玄宗宣召「天下士人有一藝者，皆得詣京師就選」（《喻友》）的機會，欣然到長安應考。可是由於中書令李林甫「恐草野之士對策，斥言其奸惡」（《通鑑·唐紀三十一》），因而就在什麽「舉人多卑賤愚聵，不識禮度，恐有俚言，污濁聖聽」（《喻友》）的詭詞下，一手包辦了選政。這就使待制舉人個個落了第。元結既是「草野之士」，當然也就直接遭到了權奸的打擊。

天寶十二載（七五三），元結再應進士試。事前，他把過去所寫的一部分作品輯成《文編》，送呈主考官禮部侍郎楊浚，果然得到了他的賞識。楊浚認爲：像《文編》的作者如果單是中個進士，那未免辱没了人才，他應該成爲治國理政的一個好幫手纔對。第二年春天考試發榜，元結果然登科及第了。可是由於朝政腐敗，他的濟世宏志仍然不能實現。他只得像過去一樣悻悻地轉回故鄉。

一年之後，那是天寶十四載（七五五）的冬天，主要是由於政治的腐敗和民族矛盾的發展，終於爆發了安史之亂。

安禄山既反，元延祖告誡元結：當國家多難的時日，切不要抱「自安山林」的態度。他諄諄勉勵元結要爲國效力。接着安禄山攻破洛陽。第二年，潼關失守，京師淪陷，唐玄宗逃亡成都，肅宗李亨即位靈武。就在這一片混亂的時候，元結的父親也棄世了。在「忽逢暴兵起，閭巷見軍陣」（《忝官引》）的形勢下，爲了避免叛軍的殘酷屠殺，元結只得率領全家全族，「日行幾十里」（《與瀼溪鄰里》），逃難到大江之南。始居猗玗洞（在今湖北大冶），隨後又遷住瀼溪（在今江西瑞昌），直至乾元二年（七五九）四十一歲時，一直流寓在異鄉過着「沉浮人間」的避亂生活。在這三四年間，戰亂的局面不斷變化着：安禄山被兒子殺死了，兩京先後收復了，史思明既降而復叛了，九節度兵潰了，洛陽再次失陷了。這時，慌了手脚的統治集團被形勢所迫，纔想到要擢用「天下士」來爲他們效勞。

由於國子司業蘇源明的推薦，元結終於得到了肅宗的召見。這一年（乾元二年）冬，元結以右金吾兵曹參軍攝監察御史之銜而被派充山南東道節度使史翽的參謀，要他負起唐、鄧、汝、蔡一帶招輯義軍的責任。元結一到任，泌陽南路起義軍像山棚、高晃等，一時都歸附到他的麾下。由於他攻守得宜，從而阻遏了史思明叛軍的南侵，保全了十五個城池。以「昔常以荒浪」（《寄源休》）、「兵家未曾學」（《忝官引》）的元結，却偏偏要「儒生預戎事」，「境外爲偏帥」（《寄源休》），這在元結自己看來，似乎總有些難於自信。但事實説明，他確有軍事政治的才幹，對大局作出了有益的貢獻。

自乾元二年起，元結一直在做着捍衛地方和保護人民的軍政工作。史翽被部將殺死後，來瑱繼任，他就接充來瑱節度府的參謀。後來吕諲任荆南節度使，他又調充荆南府的判官。吕諲病死，他曾一度代攝荆南節度使職事。在這一個時期，他有時守險泌陽，有時鎮兵九江，有時奔走屬邑，有時坐理江陵。直到寶應元年（七六二）他纔辭去官職，退居到樊水旁邊的郎亭山下（在武昌）。

元結退隱樊上，過着看來頗爲悠閑的生活。他有時驅牛「耕彼西陽城」（《漫歌八曲》），有時駕起小船「釣彼大回中」(《漫歌八曲》)。家人以外,「相伴有田父,相歡惟牧童」(《漫歌八曲》);耕釣之外,有時「甚醉或漫歌,甚閑亦漫吟」(《酬裴雲客》)。有時又跟繼任武昌縣令的好友孟彥深(字士源)和馬向(或作馬珦)登山臨水,賦吟酬唱。

廣德元年(七六三),嶺南谿洞夷及西原夷(南方少數民族)因反抗李唐王朝的壓迫而進攻附近州縣。李唐王朝爲了應付局勢,起用元結爲道州刺史。自九月授命,十二月始奉敕啓程。就在啓程的那個月裏,道州被攻陷了。因此,元結遷延至廣德二年(七六四)五月纔正式到任。大約一年之後,即在永泰元年(七六五),元結又曾罷去官職。這次罷官的原因不明,但李商隱評述元結時曾説過「見憎于第五琦、元載,故其將兵不得授,作官不至達」(李商隱作《容州經略使元結文集後序》)。按第五琦正是從廣德二年正月起再被重用爲專判度支及諸道鹽鐵轉運鑄錢等使的,而元載在這一個階段則始終是宰相。這樣看來,元結此次的罷官,大約跟第五琦、元載的「見憎」有關。

永泰二年(七六六,即大曆元年),元結奉命再理道州。這回重任道州刺史,前後足有兩年。大曆三年(七六八)調任容州刺史,加授容州都督充本管經略守捉使。大曆四年(七六九)因母喪辭職。從此,元結便一直守制卜居在祁陽的浯溪。

大曆七年(七七二),算來正該元結丁憂服滿的時候,他奉召到長安。顏真卿所撰《元君表墓碑銘》中説「上深禮重，方加位秩」云云，由此可以推知，這一次被召，大概又是起用他擔任什麽地方長官的。可是他這一回就在長安得病死了，享年五十四歲。顔真卿所撰《元君表墓碑銘》和宋祁所撰《新唐書·元結傳》都説他活了五十歲，那是錯誤的〔三〕。

總觀自廣德元年至大曆四年這個階段，除有一年左右罷官家居外，其餘的時間元結都在做着地方行政工作。當他初次出任道州刺史的時候，正值道州被西原夷攻陷之後。廣德二年所進《謝上表》中「城池井邑，但生荒草，登高極望，不見人烟」等語，已約略可見州縣殘破，百姓死亡轉徙的慘象。他一到道州，就推行他的政治措施：招撫流亡，賑給灾民，修屋營舍，安頓貧弱。他上表爲百姓抗争，要求放免百姓久欠的租税和雜率。他督勸人民墾闢田疇，畬種山林，繁殖畜養，以增加人民的經濟收益。他對自己並所有作地方官吏的人，提出「清廉以身率下」的要求，對那些挂着王命招牌迫索賦税錢糧的朝廷使臣，則向他們提出「變通以救時須」的呼籲。在他幾年愛民惜物的政治措施下，經受沉重創傷的道州人民逐漸甦復過來了；一萬多轉徙流亡的户口不僅回到了故鄉，而且也都安居樂業了。元結就是這樣得到道州人民的衷心愛戴的。

正由於這些卓越的政績，因此，一個更大、更困難的課題，接着便落到他身上來了。這就是大曆三年在所謂遷升的名義下把他調任容州刺史兼經略守捉使，並加他以容州都督等職銜，要他平定容州亂局的任務。

容州管内經略使原領容、白、禺、牢等十四個州〔三〕，而以容州爲行政中樞。但自從被嶺南谿洞夷首領梁崇牽連結西原夷張侯、夏永等攻占以後，前後刺史經略使都只好借藤州或借梧州作爲管區的理所。元結既調任容州，立即改變了過去經略使專凭武力鎮壓少數兄弟民族的黷武主義，采取了撫慰勸勵的做法，並用誠懇坦率的態度來博得夷胞的信任。他單車深入夷區，親臨山洞，和夷族首領們當面説理締交。他這種熱情懇摯、惠愛和平的作風，使得夷胞們都心悦誠服，在短短的六十天中就恢復了八州的秩序。這就無怪乎大詩人杜甫要給以很高的評價，説「得結輩十數公，落落然參錯天下爲邦伯，萬物吐氣，天下少安可得」（《同元使君舂陵行序》）了。然而可惜的是，在天下騷騷的當時，像元結一樣的地方長官實在太少了。

三

元結作品的體裁是多種多樣的：有詩、賦、頌、銘、箴，有論文和各種形式的散文，其中尤其引人注目的是短小精悍、筆鋒犀利的雜文性的散文。而不管哪一類作品，其寫作目的大多數都是爲了揭破人間詐僞，抨擊腐敗政治，暴露黑暗現實，反映人民疾苦。

當元結在崎嶇的社會中涉歷稍久，他看到習俗風尚日趨敗壞，人情世態益見澆僞，即使在他自稱爲「習静商餘」的期間，也不能緘口無言。在《時化》裏，他曾集中而概括地指出：

時之化也：道德爲嗜欲化爲險薄，仁義爲貪暴化爲凶亂，禮樂爲耽淫化爲侈靡，政教爲煩急化爲苛酷。……夫婦爲溺惑所化，化爲犬豕；父子爲惛欲所化，化爲禽獸；兄弟爲猜忌所化，化爲讎敵；宗戚爲財利所化，化爲行路；朋友爲世利所化，化爲市兒。……情性爲風俗所化，無不作狙狡詐誑之心；聲呼爲風俗所化，無不作諂媚僻淫之辭；顔容爲風俗所化，無不作姦邪蹙促之色。

元結慣於赤裸裸地從正面來揭破中上層社會的畫皮，不留一點情面。尤其是當他不只一次地遊歷了作爲唐帝國統治中樞的長安以後，他更看到了人間的諸般醜態：

於今之世，有丐者，丐宗屬於人，丐嫁娶於人，丐名位於人，丐顔色於人。甚者則丐權家奴齒以售邪妄，丐權家婢顔以容媚惑。（《丐論》）

這些蠅營狗苟的人們，有的想拉宗族關係，有的想攀裙帶關係，有的想走豪門權家奴婢的門路；他們寡廉鮮耻，千方百計地爲丐（乞）取名位而奔忙趨競。令人發笑的是那些使盡卑鄙伎倆而既已飛黄騰達的官僚們，那些不擇手段而既已攢積鉅萬的豪富們，有的却反要「自富丐貧，自貴丐賤」；有的則「於刑丐命，命不可得；就死丐時，就時丐息，至死丐全形，而終有不可丐者」。更奇怪的則是向婢僕求認本家，向臣妾乞饒性命，有的懇求放棄祖祠宗廟，有的甚至要求把妻子都讓給別人（參閱《丐論》）。一幅似瘋似癲、若醉若狂的社會病態畫面，在元結筆下概括地勾勒出來了〔四〕。

這些衰世末俗的惡劣風氣和政治的窳敗現象，在元結看來，主要是由各級統治者特別是那些帝子王孫們所造成的。在《訂古五篇》裏，元結所列述的君臣之間的猜忌疑懼、劫篡廢放，父子之際的悲感痛恨、幽毒囚殺，兄弟之中的殘忍鬥争、陰謀誅戮等等情況，看來似乎是泛説，其實是有所指而言的。唐帝國從開國之初起，宫廷裏就一直在演着爲争權奪位而兄弟殘殺、父子相仇、君臣猜忌的醜劇。《訂古序》中「至於近世，有窮極凶惡者矣」的話，已經暗示出他所指斥的就是當世之事。而這種上行下效，相習成風的現象，統治者是無法辭其罪的。

因此，對於統治階級，元結從他文學寫作的開始時起就沒有放鬆過無情的揭露與正義的斥責。他在作品裏除一再憤憤地論到州縣官吏的諂媚邪佞、貪鄙無能外，還公開指斥當時藩鎮軍閥的罪惡：

控强兵，據要害者，外以奉王命爲辭，内實理車甲，招賓客，樹爪牙。國家亦因其所利，大者王而相之，亞者公侯，尚不滿望。（《問進士》）從這裏可以看出藩鎮軍閥跋扈的一斑。在《系謨》裏，元結運用諷喻的手法，從衣飾、飲食、器用、宫室、嬪嬙、聲樂等各個方面列指出統治階級的淫侈生活，和「横酷繁聚」、「極地封占」、「煩苛暴急，殺戮過甚」、「怙恃威武，窮黷争戰」等等殘民害物的暴政。在《説楚賦》裏，他把矛頭更直接指向了昏君本人。昏君成年累月沉溺於女色，迷戀於歌舞；爲了遨游享樂，不惜役使人民「鑿險填深，轉餽通千里」。昏君的縱欲淫蕩，當然加深了人民的災難。儘管阿諛的閹臣們已經搜遍天下美色，已經括盡民間「難得之物」以「充無窮之意」，儘管老百姓已經「悲咨冤怨，日苦其毒」，可是對昏君來説，却仍然是「於所奉之心，其猶未滿」，還一樣的「熙愧敷娱，日思未足」。上有「極暴極虐」的君主，下必有「肆姦肆佞，肆兇肆惡」的臣子。而在「贊謀者侯，敢諫者族」的形勢下，即使有忠直之士，誰還敢出來饒舌？朝廷上下則「正言不發，萬口如封，諂媚相與，千顔一容」。當時的情況就是如此。在元結的描繪下，一個百孔千瘡、糜爛透頂的封建王朝，逼真地呈現在人們眼前了。「君史説楚，似欲戒梁」（以上引文見《説楚何惑王賦》《説楚何惛王賦》），誰都看得出，這是在諷斥有名的荒唐天子李隆基。

元結不僅在一般作品裏不放鬆對統治階級的斥責與抨擊，更值得我們重視的是他第一次拜見皇帝時所上的三篇《時議》。《時議》，雖則從「致君堯舜」的願望出發，可是那種敢於直指着皇帝數説其昏庸、列舉其弊政的精神，是他人所少有的。

今天子重城深宫，燕和而居；……太官具味，視時而獻；太常備樂，和聲以薦；……百姓疾苦，時有不聞，厩芻良馬，宫籍美女……四方貢賦，争上尤異；諂臣顛官，怡愉天顔；文武大臣至於庶官，皆權賞踰望〔五〕。（《時議上篇》）

接着，元結還指出，朝廷不僅塞滿了無功受禄的皇親國戚和諂媚争寵的文武近臣，而且「至姦元惡，卓然而存」（《時議中篇》），這哪得不教暴政横行，蒼生冤怨呢？統治者有時似乎也在「思安蒼生」，「思致太平」，但不過是一種冠冕堂皇的欺騙。《時議下篇》説：「凡有制誥，皆嘗言及，言雖懇懃，事皆不行，前後再三，頗類諧戲。」幾句話就戳穿了這個騙局。

元結一方面對統治階級内部的争權奪位、自相殘殺，給以尖鋭的嘲諷，對於他們禍國殃民的虐政與奢侈淫逸的生活，表示極度的憤恨。另一方面對於愈來愈陷於困苦的廣大人民，則表示深切的關懷與同情。由於元結自幼生長在農村，曾隨着父母有過一段時期「灌畦掇薪」的耕作體驗，這就使得他有機會在一定程度上接近了淳樸的農民，並和他們發生思想感情上脉息相通的關係。的確，元結最瞭解人民的生活疾苦，用他自己的話説，也就是「能悉下情」（《與韋尚書書》）。惟其如此，所以我們在他作品裏不僅可以看到他那個時代人民生活的真象，而且還可以看到他跟人民之間的深厚的感情。

從元結早期的作品《貧婦詞》《去鄉悲》兩詩裏，我們已可以大致體會到天寶年間農民們無以度日的情況，和他自己「念之何可説，獨立爲凄傷」（《去鄉悲》）的無限同情。在這裏受難者與詩人的感情已不可分割地粘連在一起了。安史亂後，這種對人民的同情更有了進一步的發展。元結首先在《時議》中指出了「天下殘破，蒼生危急，受賦役者多寡弱貧獨，流亡死生，悲憂道路」的情況，以促起「未安忘危」的肅宗李亨的注意。而當他此後擔任了軍政工作時，我們在他作品裏所看到的，就不只是對人民苦難的一般呼籲，而是進一步把人民的疾苦和人民的願望，在他的職權範圍内作爲實際問題提出來，並爲人民的利益向統治者作積極的争取了。譬如他在唐、鄧一帶理兵時上給來瑱的狀文裏，就曾以哀傷的心情反映了戰區的慘象：

荒草千里，是其疆畎；萬室空虚，是其井邑；亂骨相枕，是其百姓；孤老寡弱，是其遺人。哀而恤之，尚恐冤怨，肆其侵暴，實恐流亡。（《請省官狀》）

並從而提出了裁汰官佐，節省開支，以減輕百姓賦役的有效措施。此外，他對那些寒餒交迫、不知所歸的將士父母，請求發給衣糧（參閲《請給將士父母糧狀》）；他對那些「鄉國淪陷，親戚俱亡，誰家可歸，傭丐未得」（《請收養孤弱狀》）的孤弱兒童，請求予以救濟。對於死者，他也曾把泌南戰地像「古屠肆」般的街郭亂骨，收埋起來，築爲「哀丘」（參閲《哀丘表》）。從這些具體行動、措施和各有關作品中所表露的思想感情來看，都充分説明元結是具有鮮明的人道主義精神的。

在封建時代，人民的疾苦永遠是和統治階級的暴政分不開的。這一客觀事實在元結作品裏得到了普遍的反映，尤其是在《春陵行》和《賊退示官吏》兩詩中表現得更爲突出。《春陵行》和《賊退示官吏》都是元結初到道州時的詩作。道州自經西原夷攻破後，已十室九空，殘破不堪。元結一到任，就碰上如何招撫流亡、安頓災民的問題。而那些朝廷使臣却還在這個時候催租逼賦：「到官未五十日，承諸使徵求，符牒二百餘封，皆曰：失其限者罪至貶削」（《春陵行詩序》）。當時道州人民已經處在「朝飡是草根，暮食是木皮。出言氣欲絶，言速行步遲」（《春陵行》）的飢餓病疲的死亡邊緣，凡是稍有人性的人，都會覺得「追呼尚不忍」（《春陵行》），可是那些似狼如虎的朝廷命官們却更横施鞭撲，甚至還要搜家索户，迫令賣子鬻女。在「郵亭傳急符，來往迹相追」（《春陵行》）的情况下，真是「更無寬大恩，但有迫促期」！

面臨這種形勢，是奉命惟謹地幫着行兇呢？還是挺身而出爲人民説話呢？這是對於一個人是否真正愛護人民的嚴重考驗。元結的立場顯然是站在人民一邊的。身負行政職責的元結，當着人民被虐迫而瀕於死亡的時刻，無法克制的激情像火山一樣爆發了！他用「使臣將王命，豈不如賊焉」（《賊退示官吏》）十個字來大膽譴責這些坑害人民的劊子手；用「誰能絶人命」（《賊退示官吏》）、「符節我所持」（《春陵行》）、「亦云貴守官，不愛能適時」（《春陵行》）的莊嚴堅定的態度來庇護無告的人民；還用「逋緩違詔令，蒙責固所宜」（《春陵行》）、「吾將守官，静以安人，待罪而已」（《春陵行》）的自我犧牲精神來鬥争到底。從這兩首詩裏，我們清楚地看到了這位詩人的崇高的心影。

元結始終是人民的忠實朋友，他是一個真正憂恤人民苦痛，關懷人民生活的良吏。他確認地方長官必須做到「能保黎庶，能攘患難」（《刺史廳記》）；「能使孤寡老弱無悲憂，單貧困窮安其鄉」（《崔潭州表》）。爲此，他一再呼籲「不合使凶庸貪猥之徒，凡弱下愚之類，以貨賂權勢而爲州縣長官」（《再謝上表》）〔六〕。元結所以不憚煩地一再提出這個問題，用他自己的話來説，只是爲了「安蒼生」，只是爲了免使「一州生類，皆受其害」（《刺史廳記》）。他的主張維持道德風化，希望改革時政，希望統治者能從善納諫，幡然改悔，可以説，大致都是從人民利益的觀點出發的。

元結關懷人民，即使當他退職在野的時候也没有兩樣。譬如永泰元年罷守春陵（道州）後，在一個盛暑和朋友登游茅閣，因爲感到「清蔭」、「長風」之美，從而想到「賢人君子爲蒼生之麻蔭」也該像茅閣的麻蔭能庇蔽着游人一樣（《茅閣記》）。這和杜甫「安得廣厦千萬間」的精神，實際上是一致的。

如上所述，我們可以完全瞭解元結的愛憎好惡所在：他愛的是勤勞誠樸的善良人民，憎的是貪惰淫侈的市儈奸徒。他歌頌的是廉潔方正像魯山縣大夫元德秀、黄州刺史左振輩的良吏，詛咒的是好殺成性、兇邪鄙污的宰相李林甫、元載之流的各級統治者。他擁護仁惠愛民而反對殘暴酷虐的政治作風，提倡敦厚淳樸而痛惡僞薄澆漓的社會風氣。在善惡邪正、是非曲直之間，元結把界綫劃得非常清楚；在立身處世、進退取舍的問題上，他的操守非常堅定。他曾説：「寧方爲皁，不圓爲卿，寧方爲污辱，不圓爲顯榮。」（《惡圓》）又曾説：「曲而爲王，直蒙戮辱。寧戮不王，直而不曲。」（《湞泉銘》）又曾説：「金可鎔，不可使爲污腐，水可濁，不可使爲塵糞。」（《述時》）從這些話裏，我們可以看出元結剛勁的個性，正直的品質，和那種不爲威迫利誘所屈服的追求光明、追求正義的精神。

這裏附帶説一説關於《元子》一書的事。安史亂前，元結自稱爲元子。而安史亂前元結是寫作得比較勤的。根據考察，現存《元次山集》有三分之一强是屬於安史亂前的作品。顔真卿所撰《元君表墓碑銘》謂元結「少習静於商餘山，著《元子》十卷」。又根據宋人洪邁和高似孫的記載〔七〕，知道這十卷《元子》，共包括作品一百五篇，計一萬六千五百九十五言，其中重見於《文編》的只有十四篇。可知至少還有九十一篇是遺失了的。《元子》一書的散失，自是十分可惜的事。但依據洪氏的記載，幸而還能讓我們窺測到其中關于畜方等二十國這一部分作品的涯略。如：

……惡國之僁，男長大則殺父，女長大則殺母；忍國之僁，父母見子如臣見君；無鼻之國，兄弟相逢則相害；觸國之僁，子孫長大則殺之。（《容齋隨筆》十四）

對於這一部分作品，洪邁嗤之爲「譎誕」，責之爲「悖理害教，於事無補」，最後還要加上「此雖不作可也」的結論。自然，這是極不公允的批評。雖然這一部分作品的原文，今天已不可得而見，但洪氏曾指出其中所寫方國、圓國、言國、相乳國、無手國和無足國等部分的作品，認爲「其説類近《山海經》」。這種認識只是從他所抱的「譎誕」的觀點出發的。事實上它們和《山海經》是不會相類的。按照我的推測，這一部分很可能是一種介乎雜文、寓言與小説之間的作品。元結通過這種創作，形象地刻劃、嚴正地揭穿、同時也深刻而尖鋭地諷刺了當時那個公理毀棄、人道滅絶、正義消歇的萬惡的中上層社會。這種作品，正可以和今存元結集裏屬於前期所作的《惡圓》《惡曲》《出規》《丐論》《時化》《世化》《訂古五篇》《七不如篇》以及《亂風詩》《説楚賦》等等作品的立意相印證。這樣的作品，應該説是采取了浪漫主義的手法而又植根於深厚的現實基礎之上的。

由於元結主要是受了儒學的影響，他並不抱有背叛封建禮教的想法。因此，這一部分作品與其指責它「悖理害教」，倒毋寧説它是意在維護儒家的禮法。根據洪邁所引材料，不難看出，元結是在借惡國之僭、忍國之僭等逆倫害理的虛構故事來針砭衰世末俗的。關於《元子》中畜方等二十國的問題，清代章學誠早已提出過不同的意見。章學誠認爲：

觀洪氏所舉畜方二十國事，是亦憤世嫉邪之意，不以文害辭志，亦自無傷。（《章氏遺書》卷十三《元次山集書後》）

這種認識自比洪氏要高明。

四

不必諱言，由於元結出身於没落官僚地主家庭，並由於他所接受的儒家教育以及當時所流行的道家思想影響，因而在他思想中也有着消極退守的成分。

元結曾一再提出沖虛恬淡、忘情順命的看法：

子欲知命，不如平心，平心不如忘情。……夫平心能正是非，忘情能滅有無。……草木無心也，天地無情也，而四時自化，雨露自均，根柢自深，枝幹自茂。（《述命》）

這顯然是從道家學説中得來的。這種思想往往跟定命論有血緣的關係。因此，元結接着説：

人之命也，亦由是矣。若夭若壽，若貴若賤，烏可强哉！（同前）

因爲有了定命論的看法，所以終於得出了「不可强也，不如忘情，忘情當學草木」的結論。

當元結失意或失望的時候，定命論對他所起的頹喪作用格外顯著。像在天寶年間因制舉不第而習静商餘的時候，就惑於命運之説，從而認爲應該采取「上順時命，乘道御和，下守虚澹，修己推分」（《述居》）的立身處世方法。這種順命安時的想法，使他一時間看不見人生的積極意義。在同一篇文章裏他還説：

夫人生於世，如行長道，所行有極，而道無窮，奔走不停，夫然何適？予當乘時和，望年豐，耕藝山田，兼備藥石，與兄弟承歡於膝下，與朋友和樂於琴酒。寥然順命，不爲物累，亦自得之分在於此也。

對於封建社會中的知識分子説來，這種所謂順命安時、全真守和的老莊思想，每每和「用之則行，舍之則藏」（《論語·述而》），或是「窮則獨善其身，達則兼善天下」（《孟子·盡心》）的孔孟思想交雜匯合起來，引導着他們走向消極的道路。在元結身上也是如此：

勸汝學全生，隨我畬退谷。（《喻舊部曲》）

人誰年八十，我已過其半。家中孤弱子，長子未及冠。且爲兒童主，種藥老溪澗。

（《漫酬賈沔州》）

這就是元結退隱樊上時所流露出來的消極思想。元結自己曾説：「吾豈隱者邪？愚者也，窮而然爾！」（《自述序》）這正好説明了他對於「用舍行藏」之間的矛盾心理。

不難理解，元結所説的「窮」，主要是指在政治上無法實現自己的政見，無力改變紛亂黑暗的現狀，因而感到苦悶的問題。《漫酬賈沔州》中説：「無謀静兇醜，自覺愚且愞。豈欲皂櫪中，争食麮與蕡。」《喻常吾直》中説：「不能救人患，不合食天粟。何况假一官，而苟求其禄。」從這些詩句裏，我們不難看出作者的命意所在。而在《縣令箴》裏元結還説：「關由上官，事不自我，辭讓而去，有何不可！」這話的意思就顯得更爲清楚了，他公然指示縣令們：要是因上級的掣肘而致政見行不通時，儘管可以辭職歸田，那末自己在政治上「窮」了的時候，自然就更要采取挂冠退隱的對策了。

因此，元結的因「窮」而退隱，雖然是一種消極讓步的表現，但從他不肯與鄙佞之徒同流合污，不肯屈服於權力威勢的意義來看，則他的退隱在一定程度上還是一種反抗現實的表現。同時，他即使在退隱的時候，還是念念不忘人民的生活疾苦：

兵興向九歲，稼穡誰能憂？何時不發卒，何日不殺牛？耕者日已少，耕牛日已希。

皇天復何忍，更又恐斃之！（《酬孟武昌苦雪》）

顯然，憑着這種對人民關心和熱愛的堅定不移的意志，只要有可能，他還是要爲實現自己的政治抱負而鬥争的。

元結對昏庸的君主，始終抱着愚忠，對封建王朝始終存着希望，這是受了封建統治階級與儒家思想的影響。因此，他即使常常用諷刺或指斥的口吻揭發昏君的罪惡，而且敢於直指「生人怨痛」的根源在於專制王朝的虐政，可是他的目的却在使君王「戒其虐惑，制其昏縱」（《演謨》），却在使君王「驚懼爲心，指此爲箴」（《説楚何荒王賦》）。他好心地期待着朝廷能「化小人爲君子，化諂媚爲公直，化姦逆爲忠信，化競進爲退讓，化刑法爲典禮」（《化虎論》）。他希望凶殘酷虐的政治作風和澆漓僞薄的社會風氣能得到改變，以歸於純正淳樸。他希望混亂動蕩的局面能迅速地得到安定。在《亂風》詩裏元結曾問：「將蠹枯矣，無人救乎？蠹枯及矣，不可救乎？」這裏的弦外之音，顯然以救世者自任，表示了願效愚忠的意思。這種對李唐封建朝廷和皇帝陛下忠心耿耿的思想感情，在他看來，正是「古之賤士不忘盡臣之分」（《二風詩序》）的美德。

他在《二風詩論》中這樣説：

如湯武之德，吾則不敢頌，爲規法過於是也。

元結不敢歌頌湯武，反對用武力推翻暴君。他的政治思想自然不得不至此而「窮」，而他也只能抱着憤慨不平的情緒而潔身引退了。

這就是我們所看到的詩人思想上的時代局限性和階級局限性。

五

元結在文學創作上反對綺靡浮華而提倡淳古淡泊的作風。他是繼陳子昂而起的在文學觀點與創作實踐上發展着現實主義傳統的一個勇猛的戰士。

和陳子昂一樣，元結一再致慨於「風雅不興」「文章道喪」。在《劉侍御（灣）月夜讌會詩序》裏，元結説：

於戲！文章道喪蓋久矣！時之作者，煩雜過多，歌兒舞女，且相喜愛，系之風雅，誰道是耶？

在《篋中集序》裏也有類似的説法：

近世作者，更相沿襲，拘限聲病，喜尚形似；且以流易爲辭，不知喪於雅正。然哉！彼則指詠時物，會諧絲竹，與歌兒舞女生污惑之聲於私室可矣。若令方直之士，大雅君子，聽而誦之，則未見其可矣。

這裏，可以看出元結所抨擊反對的，主要包括三個方面：一、屬於形式方面的聲病格律；二、屬於內容方面的那種專寫毫無社會意義的風月花草與男女之情的頽廢傾向；三、屬於方法方面的「極貌寫物」「喜尚形似」的雕章琢句的風氣。

元結對文學的見解還表現在他所提到過的，文學可以「道達情性」（《劉侍御月夜讌會詩序》），可以「規諷」（《二風詩論》），可以「上感於上，下化於下」（《系樂府序》），可以「救時勸俗」（《文編序》）等認識上。這些見解客觀上就有力地反對了把文學藝術當做貴族有閑階級的消遣娛樂品等的看法，而確認了文學藝術應該反映生活現實、表達思想感情，肯定了文學藝術可以直接間接起規諷教育的作用。

元結嚴肅認真地以自己的創作實踐來貫徹他的主張。元結不寫律詩（他不知道內容決定形式的道理，因而把格律視若仇敵，這一點在元結的認識上是有片面性的），他的古體詩隨處顯示着力求淳樸、力求民歌化與散文化的特點。在他編選的沈千運、孟雲卿、王季友等七個人的詩集《篋中集》中，極口贊美沈千運「獨挺於流俗之中，强攘於已溺之後」（《篋中集序》），說沈千運所寫的東西「皆與時異」。而後人對沈千運等七個人的詩，也認爲「氣格高古」（辛文房《唐才子傳》），「刊落文言，泠然獨寫真意」（胡震亨《唐音癸籤》），「力矯時習」（《全唐詩小傳》），「絶去雕飾」（楊立誠《四庫目略》），或則認爲它們都是「聲希味淡之作」（丁丙《善本書室藏書志》）。這些意見，固然説明了《篋中集》詩人的特點，但也正可借此來理解元結對詩歌的主張，與他自己所躬行實踐的創作道路〔八〕。

在散文方面，元結排除了唐初以來競尚偶儷的積習，摒棄了陳辭濫調，打破了形式上的束縛。他的散文，具有「意氣超拔，筆力雄健」（歐陽修《集古録》）的特色。唐皇甫湜曾指出元結的文章「心語適相應」（《題浯溪石》），也就是「文如其人」的意思。確實如此，元結散文的風格是鮮明而突出的，在古文的領域裏，當得起「獨樹一幟」的評語而無愧色。從元結散文的寫作實踐中，我們還可以看出它們已經體現了「文章合爲時而著」（白居易《與元九書》）的精神，雖然他本人還没有明白地提出過這樣一個主張來。

這裏順便談一談元結對於音樂欣賞上愛好「全聲」的問題。元結所愛好的「全聲」，實在就是愛好天然的音響。像「懸水淙石」之聲，他便感到「泠然便耳」；像那些刻板地按宫商律吕所譜出來的曲調樂聲，他就討厭（參閲《訂司樂氏》《水樂説》）〔九〕。這種對音樂的要求，實質上跟他對詩歌寫作上要求擺脱格律聲病的束縛，和對散文寫作上要求掃却駢偶工麗的積習以歸於自由的觀點，是完全一致的。

元結在文學上的成就究竟如何？在文學史上究竟應該占什麽地位？前人意見很多：有從文的角度把他和陳子昂、蘇源明、蕭穎士、韓愈並稱的（唐裴敬《翰林學士李公墓碑》）；有認爲他的文章「可惋只在碎」、「然長於指叙」的（唐皇甫湜《題浯溪石》）；有認爲他的古文「不減韓之徒」的（歐陽修《集古録》）；有把他與柳宗元並提，認爲「視柳柳州又英崛，唐代文人惟二公而已」（高似孫《子略》）。有從詩的角度認爲其志可取，而其辭除有個別詩句可取外，無多可以「留良」的（楊慎《升庵詩話》）；有認爲他的詩「樸拙處過甚」，未必「遂爲有唐風雅之正宗」的（翁方綱《石洲詩話》）；有認爲「其詩排宕，爲五言之善者」的（王闓運《王志》）；有把他和杜甫相比，認爲他在道州時所寫的詩「其體極雅」，杜甫雖氣勢較博，而深永匀飭實不及元結的（《王志》陳兆奎附按）。其他意見還多，這裏不再一一列引。這些意見，有的可取，有的則不一定可取。但不管怎樣，元結是一個以實際從事政治事業的政治家而兼事文學的詩人與散文家，他的作品反映了安史之亂前後一段時期的唐代社會現實，體現了他熱愛祖國熱愛人民的思想感情；他以淳樸渾成的風格寫詩，以古拙犀利的健筆寫文，在詩和散文兩方面都取得了卓越的成就。雖然不必去跟杜甫、白居易或韓愈、柳宗元相比，但在唐代作家中間，他確實獨標一格，正像皇甫湜所説：「於諸作者間，拔戟成一隊。」（《題浯溪石》）同時，元結竭力提倡的、實質上是飽含着革新意義的「復古」，其指導思想無疑是進步的，特别是在唐代古文運動中，他的先導之功，是不應把它低估的。章學誠曾説：「人謂六朝綺靡，昌黎始回八代之衰，不知五十年前，早有河南元氏爲古學於舉世不爲之日也。元亦豪傑也哉！」（《元次山集書後》）同樣，他對詩歌的見解和實踐，也不能説對白居易没有影響。因此，我們説元結是唐代古文運動中一個有力的前驅，同時也是唐代輝煌的現實主義文學中一個傑出的作家、詩人，這應該是没有疑問的。

孫望

【校記】

〔一〕明胡震亨《唐音癸籤》卷二十八兄弟條，就已認爲元結、元融是親兄弟。〔二〕元結生年，根據《别王佐卿序》「癸卯歲，京兆王契佐卿年四十六，河南元結次山年四十五」之文推之，該在玄宗開元七年；他的卒年，根據顏真卿所撰《元君表墓碑銘》的記載，該在代宗大曆七年。較詳的證説請參閲拙撰《元次山年譜》。〔三〕《舊唐書·地理志》謂容管十州，即：容、辯、白、牢、欽、禺、湯、瀼、巖、古等是。《新唐書·方鎮表》則載容管共十四州，即：容、白、禺、牢、繡、黨、竇、廉、義、鬱林、湯、岩、辯、平琴是。此從《新唐書·方鎮表》。〔四〕元結在《出規》中記門人叔將出遊長安的所見所遇：「有向與歡宴，過之可吊；有始賀拜侯，已聞就誅。豈不裂封，疆土未識；豈無印綬，懷之未暖。其客得禄位者隨死，得金玉者皆孥，參遊宴者或刑或免。……」也是官場現象的一個方面，可和《丐論》中所揭露的醜態對看。〔五〕元次山集《時議三篇》與《新唐書》本傳引文出入很大，這是由於《新唐書》的纂修者常常愛以自己的意見删節修改原文。這裏因删文比較簡略，加以采用。〔六〕《謝上表》

中亦有「刺史宜精選謹擇以委任之，固不可拘限官次，得之貨賄，出之權門」之語。《崔潭州表》中有「刺史，有土官也，……豈可令凶竪暴類貪夫姦黨以貨權家而至此官」等語。〔七〕見洪邁《容齋隨筆》卷十四及高似孫《子略》卷四。按《元子》十卷爲元結在天寶九載至十二載之間所寫作。〔八〕劉熙載《藝概》卷二有云：「『獨挺於流俗之中，强攘於已溺之後』，元次山以此序沈千運詩，亦以自寓也。」這話説得很對，《篋中集》作者的創作道路，實際上就是他自己的創作道路。後人對這派詩的風格也有表示極不滿意的，舉例如下：一、宋吴子良《吴氏詩話》卷上：「唐王季友《觀于舍人壁畫山水》詩云：『野人宿在人家少，朝見此山謂山曉。半壁仍栖嶺上雲，開簾放出湖中鳥。獨坐長松是阿誰，再三招手起來遲。于公大笑向余説，小弟丹青能爾爲。』語意淺陋，類兒童幼學者。」二、清吴喬《圍爐詩話》卷二：「詩貴和緩優柔而忌率直迫切。元結、沈千運是盛唐人，而元之《春陵行》《賊退》詩，沈之『豈知園林主，却是園林客』，已落率直之病。」〔九〕《元遺山詩集》卷十一《論詩絶句》三十首之十七：「切響浮聲發巧深，研摩雖苦果何心？浪翁水樂無宫徵，自是雲山韶濩音。」浪翁就是元結，這首詩可以參閲研究。

凡例

一、新編《元次山集》分十卷，首三卷爲詩，其餘爲文。詩三卷之中，其第一卷爲樂歌、四言詩及騷體詩。

二、是集以《四部叢刊》景印上海涵芬樓借江安傅氏雙鑑樓藏明正德郭氏刊本後稱明本爲底本，而取《四部備要》本《備要》本雖亦據郭本排印，其間與《叢刊》景印本稍有出入，雍正時天都黄又研旅、黄晟曉峰校刻本後稱黄本，石竹山房刻淮南黄又研旅編訂本後稱石刻黄本，此本係翻刻黄本，但與黄本有所出入，當係據他本校改者，及《全唐詩》《全唐文》校之。其明本、黄本所無者並據《全唐文》補入。詩卷中《補樂歌》《欸乃曲》及《系樂府》又以郭茂倩《樂府詩集》參校之。文卷中《三語銘》以石碑拓片參校之，《冰泉銘》以同治十三年史鳴皋修《梧州府志》參校之。

三、南京圖書館藏明刻陳繼儒眉公鑑定本《元次山集》訛謬至多，不足根據，兹編未再比校。

四、是集詩文篇第，各依寫作年代先後爲次，已非諸本之舊。

五、明刻郭本書前原有序文，既加改編，已非舊觀，故移附集後，俾有區別。

六、集前冠以前言，以評述元結生平行事及其作品。集後附録五事：其一，元結並世諸家酬唱題贈之作；其二，碑銘史傳舊本序文之屬；其三，諸家論元；其四，有關元結著作之主要著録及記載；其五，元結事迹簡譜。俾研讀元集者，得稍節旁搜披檢之勞。

一九五九年國慶節前二十日

孫望記於南京師範學院

目録

元次山集卷第三

元次山集卷第四

元次山集卷第五

元次山集卷第六

元次山集卷第七

元次山集卷第八

元次山集卷第九

元次山集卷第十

補遺

元次山集卷第一

補樂歌十首有序

自伏羲〔一〕氏至于殷室，凡十代，樂歌有其名，亡〔二〕其辭，考之傳記而義或存焉。嗚呼！樂聲自太古始，百世之後盡無一作「亡」古音。嗚呼！樂歌自太古始，百世之後遂無一作「亡」古辭。今國家追復純古，列祠往帝，歲時薦享，則必作樂，而無《雲門》《咸池》《韶》《夏》之聲，故探其名義以補之。誠不足全化金石、反正宮羽而或存之，猶乙乙冥冥有純古之聲，豈幾乎司樂君子道和焉爾？凡十篇，十有九章，各引其義以序之，命曰「補樂歌」。

《網罟》，伏羲氏之樂歌也，其義蓋稱伏羲能易人取禽獸之勞。

吾人苦兮，水深深。網罟設兮，水不深。

吾人苦兮，山幽幽。網罟設兮，山不幽。

右《網罟》二章，章四句。

《豐年》，神農氏之樂歌也，其義蓋稱神農教人種植之功。

猗太帝兮，其智如神。分草實兮，濟我生人。猗太帝兮，其功如天。均四時兮，成我豐年。

右《豐年》二章，章四句。

《雲門》，軒轅氏之樂歌也，其義蓋言雲之出，潤益萬物，如帝之德，無所不施。

玄雲溶溶〔三〕兮，垂雨濛濛。類我聖澤兮，涵濡不窮。玄雲漠漠兮，含映愈〔四〕光。類我聖德兮，溥〔五〕被無方。

右《雲門》二章，章四句。

《九淵》，少昊氏之樂歌也，其義蓋稱少昊之德，淵然深遠。

聖德至深兮，藴藴〔六〕一作「奫奫」如淵。生類娭娭〔七〕許其反兮，孰知其然。

右《九淵》一章，章四句。

《五莖》，顓頊氏之樂歌也，其義蓋稱顓頊得五德之根莖。

植植萬物兮，滔滔根莖。五德涵柔兮，沨沨〔八〕舊音容，别本房戎切而生。其生如何兮，秞秞〔九〕以周反。天下皆自我君兮，化成。

右《五莖》一章，章八句。

《六英》，高辛氏之樂歌也，其義蓋稱帝嚳能總六合之英華。

我有金石兮，擊考〔一〇〕崇崇一作「擊拊淙淙〔一一〕」。與汝歌舞兮，上帝之風。由六合兮，英華渢渢。
我有絲竹兮，韻和泠泠。與汝歌舞兮，上帝之聲。由六合兮，根柢〔一二〕嬴嬴。

右《六英》二章，章六句。

《咸池》，陶唐氏之樂歌也，其義蓋稱堯德至大，無不備全。

元化油油兮，孰知其然。至德汩汩兮，順之以先。
元化泥泥音尾兮，孰知其然。至道泱泱兮，由之以全。

右《咸池》二章，章四句。

《大韶》，有虞氏之樂歌也，其義蓋稱舜能紹先聖之德。

森森群象兮，日見生成。欲聞朕初兮，玄封冥冥。
洋洋至化兮，日見深柔。欲聞涵〔一三〕濩兮，大淵油油。

右《大韶》二章，章四句。

《大夏》，有夏氏之樂歌也，其義蓋稱禹治水，其功能大中國。

茫茫下土兮，乃生九州。山有長岑兮，川有深流。

茫茫下土兮，乃均四方。國有安人〔一四〕兮，野有封疆。

茫茫下土兮，乃歌萬年。上有茂功兮，下戴仁天。

右《大夏》三章，章四句。

《大濩》，有殷氏之樂歌也，其義蓋稱湯救天下，濩然得所。

萬姓苦兮，怨且哭。不有聖人兮，誰濩〔一五〕育。

聖人生兮，天下和。萬姓熙熙兮，舞且歌。

右《大濩》二章，章四句。

【校　記】

〔一〕《全唐詩》注：一作「羲軒」。　〔二〕《全唐詩》作「無」。　〔三〕郭茂倩《樂府詩集》作「溟溟」，《全唐詩》注亦云：一作「溟溟」。　〔四〕《樂府詩集》及《全唐詩》並作「逾」。　〔五〕《樂府詩集》作「麻」，《全唐詩》注亦云：一作「麻」。　〔六〕《全唐詩》作「𪗋𪗋」，注云：紆倫切。　〔七〕同「嬉」。　〔八〕《全唐詩》注：音風，又音泛。　〔九〕《樂府詩集》作「袖袖」，誤。　〔一〇〕《全唐詩》注：一作「拊」。　〔一一〕黄本「淙淙」作「潨潨」。　〔一二〕諸本並作「底」，此從《樂府詩集》。　〔一三〕《樂府詩集》及《全唐詩》並作「大」。　〔一四〕《樂府詩集》作「有國安人」。《全唐詩》作「安乂」，注云：一作「民人」，又云：一作「有國安人」。　〔一五〕《全唐詩》作「護」。

二風詩有序〔一〕

天寶丁亥中，元子以文辭待制闕下，著《皇謨》三篇、《二風詩》十篇，將欲〔二〕求于〔三〕司匭氏，以裨〔四〕天監。會有司奏待制者悉去之，於是歸于州里。後三歲，以多病習静於商餘山。病間，遂題括存之。此亦古之賤士不忘盡臣之分耳，其義有論訂之。

【校　記】

〔一〕天寶六載（七四七）。按，序爲天寶九載所加。　〔二〕黄本作「以」。　〔三〕《全唐詩》及黄本並作「干」。　〔四〕黄本作「補」。

治風詩五篇

古有仁帝，能全仁明以封天下，故爲《至仁》之詩二章。

猗皇至聖兮，至惠至仁，德施藴藴紆文反。藴藴如何？不全不缺，莫知所貺。

猗皇至聖兮，至儉至明，化流瀛瀛。瀛瀛如何？不號〔一〕許杲反不枹字與音皆未詳，莫知其極。

右《至仁》，四韻十二句。

古有慈帝，能保静順以涵萬物，故爲《至慈》之詩二章。

至化之深兮，猗猗娭娭〔二〕。如煦如吹，如負如持，而不知其慈。故莫周莫止，静和而止。至化之極兮，瀛瀛溶溶。如涵如封，如隨如從，而不知其功。故莫由莫已，順時而理。

右《至慈》，四韻十四句。

古有勞王，能執勞儉以大功業，故爲《至勞》之詩三章。

至哉勤績，不盈不延。誰能頌之？我請頌焉。於戲勞王，勤亦何極！濟爾九土，山川溝洫。至哉儉德，不豐不敷。誰能頌之？我請頌夫。於戲勞王，儉亦何深！戒爾萬代，奢侈荒淫。至哉茂功，不升不圮。誰能頌之？我請頌矣。於戲勞王，功亦何大！去爾兆庶，洪湮災害。

右《至勞》，六韻二十四句。

古有正王，能正慎恭和以安上下，故爲《至正》之詩一〔三〕章。

爲君之道，何以爲明？功不濫賞，罪不濫刑。讜言則聽，諂〔四〕言不聽。王至是然，可爲明焉。

右《至正》，四韻八句。

古有理王，能守清一以致無刑，故爲《至理》之詩一章。

理何爲兮，系脩文德。加之清一，莫不順則。意彼刑法，設以化人。致使無之，而化益純。所謂代刑，以道去殺。嗚呼嗚呼，人不斯察！

右《至理》，三韻十二句。

【校　記】

〔一〕《全唐詩》及黄本並作「號」。　〔二〕同「嬉」。　〔三〕明本原作「二」，誤，此從《全唐詩》。　〔四〕明本原作「謟」，誤，此從《全唐詩》。

亂風詩五篇

古有荒王，忘戒慎道，以逸豫失國，故爲《至荒》之詩一章。

國有世謨，仁信勤歟。王實惛荒，終亡此乎。焉有力恣謟〔一〕惑，而不亡其國？嗚呼亡王，忍爲此心！敢正亡王，永爲世箴。

右《至荒》，三韻十二句〔二〕。

古有亂王，肆極凶虐，亂亡乃已，故爲《至亂》之詩一章。

嘻乎王家，曾有凶王。中世失國，豈非驕荒？復復之難，令則可忘。

嘻乎亂王，王心何思？暴淫虐惑，無思不爲。生人冤怨，言何極之！

右《至亂》，二韻十二句。

古有虐王，昏毒狂忍，無惡不及，故爲《至虐》之詩二章。

夫爲君上兮，慈順明恕，可以化人。忍行昏恣，獨樂其身。一徇〔三〕所欲，萬方悲哀。於斯而喜，當云何〔四〕哉？

夫爲君上兮，兢慎儉約，可以保身。忍行荒惑，虐暴於人。前世失國，如王者多。於斯不寤，當如之何？

右《至虐》，四韻十八句。

古有惑王，用姦臣以虐外，寵妖女以亂内，内外用亂，至於崩亡，故爲《至惑》之詩二章。

賢聖爲上兮，必儉約戒身，鑒察化人，所以保福也。如何不思，荒恣是爲？上下隔塞，人神怨噐〔五〕平放反。敖惡無厭，不畏顛墜。

聖賢爲上兮，用必〔六〕賢正，黜姦佞之臣，所以長久也。如何反是，以爲亂矣？寵邪信惑，近佞好諛。廢嫡立庶，忍爲禍謨。

右《至惑》，六韻二十句。

古有傷王，以崩盪之餘，無惡不爲也。亂亡之由，固在累積。故爲《至傷》之詩一章。

夫何傷乎〔七〕？傷王乎？欲何爲乎？將蠹枯矣，無人救乎？蠹枯及矣，不可救乎？嗟傷王！自爲人君，變爲人奴。爲人君者，忘戒此〔八〕乎？

右《至傷》，二韻十二句。

【校　記】

〔一〕明本原作「謟」，此從《全唐詩》。〔二〕按此章實衹十句。〔三〕明本原訛爲「狥」，此從《全唐詩》及黄本。〔四〕黄本作「乎」。〔五〕音備，黄本注：平放反。〔六〕《全唐詩》作「必用」。〔七〕《全唐詩》作「兮」。〔八〕一本無「此」字。

二風詩論〔一〕

客有問元子曰：「子著《二風詩》何也？」曰：「吾欲極帝王理亂之道，系古人規諷之流。」曰：「如何〔二〕也？夫至理之道，先之以仁明，故頌帝堯爲仁帝；安之以慈順，故頌帝舜爲慈帝；成之以勞儉，故頌夏禹爲勞王；修之以敬慎，故頌殷宗爲正王；守之以清一，故頌周成爲理〔三〕王。此理風也。夫至亂之道，先之以逸惑，故閔太康爲荒王；壞之以苛縱，故閔夏桀爲亂王；覆之以淫暴，故閔殷紂爲虐王；危之以用亂，故閔周幽爲惑王；亡之於累積〔四〕，故閔周赧爲傷王。此亂風也。」訂曰：「子頌善，上不及羲軒湯武；閔惡，又不及始皇哀靈。焉可稱極帝王理亂之道？」對曰：「於戲！吾敢言極，極其中道者也。吾且不曰著斯詩也，將系規諷乎？如羲軒之道也，久矣誰能師尊？如湯武之德，吾則不敢頌，爲規法過於是也。吾子審之。」

【校　記】

〔一〕天寶六載（七四七）。　〔二〕《全唐文》作「何如」。　〔三〕黃本作「禮」，誤。　〔四〕明本及黃本並作「亡之累於積」，誤。《全唐文》作「積累」。案《至傷》詩小序有「固在累積」之語，當以作「累積」爲是。《四部備要》本正作「累積」，從之。

引極三首有序

引極，興也，喻也。引之言演，極之言盡。演意盡物，引興極喻，故曰「引極」。

思元極

天曠漭〔一〕莫朗反兮杳泱烏朗反茫，氣浩浩兮色蒼蒼。上何有兮人不測，積清寥兮成元極。彼元極兮靈且異，思一見兮藐忙招反難致。思不從兮空自傷，心慅蘇遭反悁兮意惶懹。思假翼兮鸞鳳，乘長風兮上羾古送反。揖元氣兮本深實，餐〔二〕至和兮永終日。

【校　記】

〔一〕《全唐詩》作「莽」。　〔二〕明本、黄本作「滄」，此從《全唐詩》。

望仙府

山鑿落兮眇嶔岑，雲溶溶兮木⿱林山⿱林山〔一〕。中何有兮人不覩，遠欹差兮閟仙府。彼仙府兮深且幽，望一至兮藐無由。望不從兮知如何，心混混兮意渾和。思假足兮虎豹，超阻絶兮凌趠諸教反。詣仙府兮從羽人，餌五靈兮保清真。

【校　記】

〔一〕《全唐詩》作「棽棽」。

懷潛君

海浩淼兮汩洪溶，流蘊蘊兮濤洶洶〔一〕。下何有兮人不聞，深溢漭兮居潛君。彼潛君兮聖且神，思一見兮藐無因。思不從兮空踟蹰，心回迷兮意縈紆。思假鱗兮鯤龍，激沆湖浪反浪兮奔從。拜潛君兮索玄寶，佩元符兮軌皇道。

【校　記】

〔一〕石刻黄本作「汹汹」，同。

演興四首有序〔一〕

商餘山有太靈古祠，傳云：豢龍氏祠大帝所立，祠在少餘西乳之下，邑人修之以祈田。予因爲招祠訟閔之文以演興，辭曰：

【校　記】

〔一〕天寶十二載前後習静商餘時作。

招太靈

招太靈兮山之顛，山屹岦〔一〕兮水淪漣。祠之瀨〔二〕洛代反，墮壞也兮眇何年，木脩脩兮草鮮鮮。嗟魑魅兮淫厲，自古昔兮崇祭。禧太靈兮端清，予願致夫精誠。久惄奴歷反兮恍恍處龍反，招捃擩郎丁反兮呼風。風之聲兮起飂飂，吹玄雲兮散而浮。望太靈兮儼而安，澹油溶兮都清閑。

【校　記】

〔一〕黄本作「屼」，同。　〔二〕黄本作「瀨」，又音賴。

初祀

山之乳兮葺太祠，木孫爲桷兮木母榱，雲纓爲椙莫到反，門樞之横梁兮愚木栭，洞淵襌兮揭巍巍。塗水蘭兮蒔市之反糅蔫〔一〕，被弱草兮褅袀聯，仡許訖反渾洪兮馥闐闐，管化石兮洞刳天。翹脩釤〔二〕兮掉〔三〕蕪殳，靈巫謖〔四〕力軌反兮舞顒于〔五〕。薦天鮓羊至反，字音皆未詳兮酒陽泉，獻水芸兮飯霜秈相然反，與太靈兮千萬年。

【校　記】

〔一〕明本原作「焉」，此從《全唐詩》。　〔二〕《全唐詩》注：山鑒切，大鎌也。　〔三〕黄本作「棹」。　〔四〕《全唐詩》作「讄」，注云：力水反。　〔五〕《全唐詩》作「干」。

訟木魅〔一〕

登高峰兮俯幽谷，心悴悴倉卒反兮念群木。見樗栲兮相陰覆，憐梫榕上七林，下余封兮不豐茂。見榛梗之森梢，閔樅橎上土恭，下甫元兮合蠹。槢〔二〕以八反橈橈女教反兮未堅，椲韋鬼反桹桹力唐反兮可屈。榓〔三〕美五反林〔四〕樽上而寸，下兹損兮不香，拔丰茸兮已實。豈元化之不均兮，非雨露之偏殊。諒理性之不等，於順時兮不如。瘱於計反吾心以冥想，終念此兮不怡佁〔五〕徒充反，以書義考之，當作「侗」。予莫識天地之意兮，願截惡木之根，傾梟獍之古巢，取御名童以爲薪，割大木使飛焰，谿枯腐之燒焚。實非吾心之不仁惠也，豈耻夫善惡之相紛？且欲畚三河之膏壤，裨濟水之清漣。將封灌乎善木，令橚橚息逐反以梴梴〔六〕丑然反。尚畏乎衆善之未茂兮，爲衆惡之所挑凌。思聚義以爲曹，令敷扶以相勝。取方所以柯如兮，吾將出於南荒。求壽藤與蟠木〔七〕，吾將出於東方。祈有德而來歸，輔神樫與堅香。且憂顛之翩翩，又愁㺄〔八〕以主反之奔馳。及陰陽兮不和，惡此土之失時。今神樫兮不茂，使堅香兮不滋。重嗟惋兮何補，每齋〔九〕心以精意。切援祝於神明，冀感通於天地。猶恐衆妖兮木魅，魍魎兮山精。上誤惑〔一〇〕於靈心，經紿于言兮不聽。敢引佩以指水，誓吾心兮自明。

【校　記】

〔一〕《全唐詩》注：第二十句缺一字。〔二〕《全唐詩》注：音習。黄本注：以八反。〔三〕《全唐詩》注：音密，香木。黄本注：美五反。〔四〕黄本作「林」。〔五〕今按，「佁」字失韻。〔六〕明本、黄本均作「梴梴」，此從《全唐詩》。〔七〕明本原作「燔本」，黄本作「燔木」，此從《全唐詩》。〔八〕《全唐詩》注：同「狖」。〔九〕《全唐詩》作「齊」。〔一〇〕黄本作「感」。

閔岭中郎丁反

□〔一〕群山以延想，吾獨閔乎岭中。彼岭中兮何有，有天含之玉峰。殊閟絶之極巔，上聞産乎翠茸。欲採之以將壽，眇不知夫所從。大淵藴藴兮，絶巉士眼反岌岌。非梯梁以通險，當無路兮可入。彼猛毒兮曹聚，必憑託乎阻脩。常儗儗兮伺人，又如何兮不愁？彼妖精兮變怪，必假見於風雨。常閃閃而伺人，又如何兮不苦？欲仗仁兮託信，將徑往兮不難。久懷懷以悽惋上力膺，下烏段，却遲迴而永歎。懼太靈兮不知，以予〔二〕心爲永惟。若不可乎遂已，吾終保夫直方。則必蒙皮篻莫招反以爲矢，紘母〔三〕筱〔四〕以周反以爲弧。化毒銅以爲戟，刺棘竹以爲殳。得猛烈之材，獲與之而並驅。且舂刺乎惡毒，又引射夫妖怪。盡群類兮使無，令善仁〔五〕兮不害。然後採棂榕以駕深，收樅槵胡桂反兮梯險。躋予身之飄飄，承予步之踧踧以冉反。入岭中而登玉峰，極閟絶而求翠茸。將吾壽兮隨所從，思未得兮馬如龍。獨翳蔽於山巔，久低回而愠瘀，空仰訟〔六〕於上玄。彼至精兮必應，寧古有而今無。將與身而皆亡，豈言之而已乎？

【校記】

〔一〕《全唐詩》注云：首句缺一字。〔二〕《全唐詩》作「子」。〔三〕《全唐詩》作「毋」。〔四〕《全唐詩》注云：同「篠」。〔五〕《全唐詩》注云：一作「人」。〔六〕《全唐詩》注云：一作「訴」。

元次山集卷第二

閔荒詩有序〔一〕

天寶丙戌中，元子浮隋河。至淮陰間，其年水壞河防，得隋人《冤歌》五篇。考其歌義，似冤怨時主。故廣其意，採其歌，爲《閔荒詩》一篇。其餘載于異録。

煬皇嗣君位，隋德滋昏幽。日作及身禍，以爲長世謀。居常耻前王，不思天子遊。意欲出明堂，便登浮海舟〔二〕。令行山川改，功與玄造侔。河淮可支合，峰𡵉生回溝。封隕下澤中，作山防逸流。舡〔三〕艫狀龍鷁，若負宫闕浮。荒娱未央極，始到滄海頭。忽見海門山，思作望海樓。不知新都城，已爲征戰丘。當時有遺歌，歌曲太冤愁。四海非天獄，何爲非天囚。天囚正凶忍，爲我萬姓讎。人將引天釤，人將持天鋋上所監，下所求所欲充其心，相與絶悲憂。自得隋人歌，每爲隋君羞。欲歌當陽春，似覺天下秋。更歌曲未終，如有怨氣浮。奈何昏王心，不覺此怨尤。遂令一夫唱〔四〕，四海忻提矛。吾聞古賢君，其道常〔五〕静柔。慈惠恐不足，端和忘所求。嗟嗟有隋氏，惛惛誰與儔？

【校記】

〔一〕天寶五載（七四六）。　〔二〕黄本作「便浮登海舟」，石刻黄本作「便作浮海舟」，皆非。　〔三〕《全唐詩》及黄本作「船」。　〔四〕黄本作「倡」。　〔五〕石刻黄本作「當」。

系樂府十二首并序〔一〕

天寶辛未〔二〕中，元子將前世嘗可稱歎者爲詩十二篇，爲引其義以名之，總命曰「系樂府」。古人歌詠〔三〕不盡其情聲者，化金石以盡之，其歡怨甚耶戲音呼？盡歡怨之聲者，可以上感於上，下化於下，故元子系之。

【校記】

〔一〕疑天寶十載（七五一）作。　〔二〕疑「辛卯」之訛。　〔三〕《全唐詩》作「詠歌」。

思太古

東南三千里，沅湘爲太湖。湖上山谷深，有人多似愚。嬰孩寄樹顛，就水捕鷠〔一〕於都反鱸。所歡同鳥獸，身意復何拘。吾行遍九州，此風皆已無。吁嗟聖賢教，不覺久踟〔二〕躕。

【校　記】

〔一〕明本原作「鵨」，今從《樂府詩集》。　〔二〕《全唐詩》作「躊」。

隴上歎

援車登隴坂，窮高遂停駕。延望戎狄鄉，巡迴復悲咤〔一〕。滋移有情教，草木猶可化。聖賢禮讓風，何不遍〔二〕西夏？父子忍猜害，君臣敢欺詐。所適今若斯，悠悠欲安舍？

【校　記】

〔一〕《樂府詩集》作「吒」。吒，咤之本字。　〔二〕黄本作「變」。

頌東夷〔一〕

嘗聞古天子，朝會張新樂。金石無全聲，宫商亂清濁。來〔二〕驚且悲歎，節變何煩數？始知中國人，耽〔三〕此亡純朴。爾爲外方客，何爲獨能覺？其音若或在，蹈海吾將學。

【校　記】

〔一〕黄本作「夸」，同。　〔二〕《樂府詩集》及《全唐詩》並作「東」。　〔三〕明本作「躭」，此從《全唐詩》及黄本。

賤士吟

南風發天和，和氣天下流。能使萬物榮，不能變羈愁。爲愁亦何爾，自請説此由。諂〔一〕競實多路，苟邪皆共求。常〔二〕聞古君子，指以爲深羞。正方終莫可，江海有滄洲。

【校　記】

〔一〕明本、黄本訛作「謟」，此從《全唐詩》。　〔二〕《全唐詩》作「嘗」。

欸乃曲「欸」音「襖」，「乃」音「靄」，棹舡之聲

誰能聽欸乃，欸乃感人情。不恨湘波深，不怨湘水清。所嗟豈敢道，空羡江月明。昔聞扣斷舟，引釣歌此聲。始歌悲風起，歌竟愁雲生。遺曲今何在，逸爲漁父行。

貧婦詞

誰知苦貧夫，家有愁怨妻。請君聽其詞，能不爲酸嘶〔一〕？所憐抱中兒，不如山下麑〔二〕。空念庭前地，化爲人吏蹊。出門望山澤，回顧〔三〕心復迷。何時見府主，長跪向之啼。

【校　記】

〔一〕《全唐詩》作「悽」。〔二〕《樂府詩集》作「辟」。《全唐詩》注亦云：一作「辟」。〔三〕《全唐詩》作「頭」。

去鄉悲

踟〔一〕躕古塞關，悲歌爲誰長？日行見孤老，羸弱相提將。聞其呼怨聲，聞聲問其方。乃言無患苦，豈棄父母鄉？非不見其心，仁惠誠所望。念之何可説，獨立爲凄傷。

【校　記】

〔一〕《全唐詩》作「躊」。

壽翁興

借問多壽翁，何方自修育。惟云順所然，忘情學草木。始知世上術，勞苦化〔一〕金玉。不見充所求，空聞恣〔二〕耽欲。清和存〔三〕王〔四〕母，潛濩胡故反無亂黷。誰正好長生，此言堪佩服。

【校　記】

〔一〕《全唐詩》注云：一作「分」。〔二〕《全唐詩》作「肆」。〔三〕石刻黄本作「有」，誤。〔四〕《樂府詩集》作「主」。

農臣怨

農臣何所怨，乃欲干人主。不識天地心，徒然怨風雨。將論草木患，欲説昆蟲苦。巡迴宫闕傍，其意無由吐。一朝哭都市，淚盡歸田畝。謡頌若採之，此言當可取。

謝大〔一〕龜

客來自江漢，云得雙大〔二〕龜。且言龜甚靈，問我君何疑。自昔保方正，顧嘗無妄私。順和固鄙分，全守貞〔三〕常規。行之恐不及，此外將何爲？惠恩如可謝，占〔四〕問敢終辭。

【校　記】

〔一〕《樂府詩集》作「天」。《全唐詩》注亦云：一作「天」。〔二〕《樂府詩集》作「天」。《全唐詩》注亦云：一作「天」。〔三〕《樂府詩集》及《全唐詩》並作「真」。〔四〕黄本作「古」，誤。

古遺歎

古昔有遺歎，所歎何所爲？有國遺賢臣，萬世爲冤悲。所遺非遺望，所遺非可遺。所遺非遺用，所遺在遺之。嗟嗟山海客，全獨竟何辭。心非膏濡類，安得無不遺？

下客謡

下客無黄金，豈思主人憐。客言勝黄金，主人然不然。珠玉成〔一〕彩翠，綺羅如嬋娟。終恐見斯好，有時去君前。豈知保終〔二〕信，長使令德全。風聲與時茂，歌頌萬千年。

【校記】

〔一〕《全唐詩》注云：一作「誠」。〔二〕《全唐詩》及石刻黄本並作「忠」。

石宫四詠

石宫春雲白，白雲宜蒼苔。拂雲踐石徑，俗士誰能來？

石宫夏水寒，寒水宜高林。遠風吹蘿蔓，野客熙清陰。

石宫秋氣清，清氣宜山谷。落葉逐霜風，幽人愛松竹。

石宫冬日暖，暖日宜温泉。晨光静水雾，逸者犹安眠。

與党評事有序〔一〕

大理評事党曄好閑自退，元子愛之，作詩贈焉。

自顧無功勞，一歲官再遷。跼身班次中，常〔二〕竊愧耻焉。加以久荒浪，惛愚性頗全。未知在冠冕，不合無拘牽。勤强所不及，於人或未然。豈忘惠君子，恕之識見偏。且欲因我心，順爲理化先。彼云萬物情，有願隨所便。愛君得自遂，令我空淵禪。

【校記】

〔一〕乾元三年（即上元元年，七六〇）。 〔二〕黄本作「嘗」。

與党侍御有序〔一〕

庚子中，元子次山爲監察御史，党茂宗罷大理評事。次山愛其高尚，曾作詩一篇與之。及次山未辭殿中，茂宗已受監察。採茂宗嘗相誚戲之意，又作詩與之。

衆坐吾獨歡，或問歡爲誰。高人党茂宗，復來官憲司。昔吾順元和，與世行自遺。茂宗正作吏，日有趍走疲。及吾汙冠冕，茂宗方〔二〕矯時。誚吾順讓者，乃是干進資。今將問茂宗，茂宗欲〔三〕何辭？若云吾無心，此來復何爲？若云吾有羞，於此還見嗤。誰言萬類心，閑之不可窺？吾欲喻茂宗，茂宗宜聽之。長轅有脩轍，馭者令爾馳。山谷安可怨，筋力當自悲。嗟嗟党茂宗，可爲識者規！

【校記】

〔一〕疑上元二年（七六一）作。〔二〕黃本作「正」。〔三〕黃本作「若」。

寄源休有序〔一〕

辛丑中，元結與族弟源休皆爲尚書郎，在荊南府幕。休以曾任湖南，久理長沙；結以曾遊江州，將兵鎮九江。自春及秋，不得相見，故抒神與反所懷以寄之。

天下未偃兵，儒生預戎事。功勞安可問，且有忝官累。昔常以荒浪，不敢學爲吏。況當在兵家，言之豈容易？忽然向三歲〔二〕，境外爲偏帥。時多尚矯詐，進退多欺貳。縱有一直方，則上似姦智。誰爲明信者，能辨此勞畏？

【校　記】

〔一〕上元二年（七六一）。　〔二〕《全唐詩》作「嶺」，誤。

與瀼溪鄰里有序〔一〕

乾元元年，元子將家自全于瀼溪。上元二年，領荆南之兵鎮于九江。方在軍旅，與瀼溪鄰里不得如往時相見遊，又知瀼溪之人，日轉窮困，故作詩與之。

昔年苦逆亂，舉族來南奔。日行幾十里，愛君此山村。峰谷呀回映，誰家無泉源？脩竹多夾路，扁舟皆到門。瀼溪中曲濱，其陽有閑園。鄰里昔贈我，許之及子孫。我嘗有匱乏，鄰里能相分。我嘗有不安，鄰里能相存。斯人轉貧弱，力役非無冤。終以瀼濱訟，無令〔二〕天下論。

【校　記】

〔一〕上元二年（七六一）。　〔二〕明本原作「之」，此從《全唐詩》及黄本。

喻瀼溪鄉舊遊〔一〕

往年在瀼濱，瀼人皆忘情。今來遊瀼鄉，瀼人見我驚。我心與瀼人，豈有辱與榮？瀼人異其心，應爲我冠纓。昔賢惡如此，所以辭公卿。貧窮老鄉里，自休還力耕。況曾經逆亂，日厭聞戰争。尤愛一溪水，而能存讓名。終當來其濱，飲啄全此生。

【校　記】

〔一〕上元二年（七六一）。

忝官引〔一〕

天下昔無事，僻居養愚鈍。山野性所安，熙然自全順。忽逢暴兵起，閭巷見軍陣。將家瀛海濱，自棄同芻糞。往在乾元初，聖人啓休運。公車詣魏闕，天子垂清問。敢誦王者箴，亦獻當時論。朝廷愛方直，明主嘉忠信。屢授不次官，曾與專征印。兵家未曾學，榮利非所徇〔二〕。偶得兇醜降，功勞愧分〔三〕寸。爾來將四歲，慙耻言可盡。請取冤者辭，爲吾忝官引。冤辭何者苦，萬邑餘灰燼。冤辭何者悲，生人盡鋒刃。冤辭何者甚，力役遇勞困。冤辭何者深，孤弱亦哀恨。無謀救冤者，禄位安可近。而可愛軒裳，其心又干進。此言非作〔四〕戒，此言敢貽訓。實欲辭無能，歸耕守吾分。

【校　記】

〔一〕寶應元年(七六二)。〔二〕明本原訛爲「狗」,此從《全唐詩》。〔三〕《全唐詩》作「方」。〔四〕《全唐詩》作「所」。

樊上漫作〔一〕

漫家郎亭下,復在樊水邊。去郭五六里,扁舟到門前。山竹遶茅舍,庭中有寒泉。西邊雙石峰,引望堪忘年。四鄰皆漁父,近渚多閑田。且欲學耕釣,於斯求老焉。

【校　記】

〔一〕寶應元年及廣德元年間(七六二至七六三)家樊上時作。

酬裴雲客〔一〕

自厭久荒浪,於時無所任。耕釣以爲事,來家樊水陰。甚醉或漫歌,甚閑亦漫吟。不知愚僻意,稱得雲客心。雲客方持斧,與人正相臨。符印隨坐起,守位常森森。縱能有相招,豈暇來山林?

【校　記】

〔一〕寶應元年及廣德元年間家樊上時作。

漫問相里黄州〔一〕

東鄰有漁父，西鄰有山僧。各問其情性〔二〕，變之俱不能。公爲二千石，我爲山海客。志業豈不同，今已殊名迹。相里不相類，相友且相異。何况天下人，而欲同其意？人意苟不同，分寸不相容。漫問軒裳客，何如耕釣翁？

【校　記】

〔一〕寶應元年及廣德元年間家樊上時作。　〔二〕《全唐詩》作「性情」。

雪中懷孟武昌〔一〕

冬來三度雪，農者〔二〕歡歲稔。我麥根已濡，各得在倉廩。天寒未能起，孺子驚人寢。云有山客來，籃中見冬蕈生木上。燒柴爲温酒，煮鱖爲作瀋尸甚反，羹汁。客亦愛杯樽〔三〕，思君共杯飲。所嗟山路閑，時節寒又甚。不能苦相邀，興盡還就枕。

【校　記】

〔一〕疑寶應元年冬作。〔二〕黄本作「夫」。〔三〕黄本作「尊」。尊，樽之本字。

喻常吾直爲攝官〔一〕

山澤多飢人，閭里多壞屋。戰争且未息，徵斂何時足？不能救人患，不合食天粟。何况假一官，而苟求其禄。近年更長吏，數月未爲速。來者罷而官，豈得不爲辱？歡爲辭府主，從我遊退谷。谷中有寒泉，爲爾洗塵服。

【校　記】

〔一〕寶應元年及廣德元年間家樊上時作。

招孟武昌有序〔一〕

漫叟作《退谷銘》，指曰：干進之客，不得遊之。作《抔〔二〕湖銘》，指曰：爲人厭者，勿泛抔湖。孟士源嘗黜官，無情干進，在武昌，不爲人厭，可遊退谷，可泛抔湖，故作詩招之。

風霜枯萬物，退谷如春時。窮冬涸江海，抔湖澄清漪。湖盡到谷口，單船近堦墀。湖中〔三〕更何好，坐見大江水。欹石爲水涯，半山在湖裏。谷口更何好，絶壑流寒泉。松桂蔭茅舍，白雲生坐〔四〕邊。武昌不干進，武昌人不厭。退谷正可遊，抔湖任來泛。湖上有水鳥，見人不飛鳴。谷中有山獸，往往隨人行。莫將車馬來，令我鳥獸驚。

【校記】

〔一〕疑寶應元年冬作。〔二〕黄本作「杯」，下同。〔三〕黄本作「口」。〔四〕黄本作「座」。

漫歌八曲有序〔一〕

壬寅中，漫叟得免職事，漫家樊上，修耕釣以自資，作《漫歌八曲》與縣大夫孟士源，欲士源唱而和之。

【校記】

〔一〕寶應元年（七六二）。

故城東

漫惜故城東，良田野草生。説向縣大夫，大夫勸我耕。耕者我爲先，耕者相次焉。誰愛故城東，今爲近郭田。

西陽城

江北有大洲，洲上堪力耕。此中宜五穀，不及西陽城。城畔〔一〕多野桑，城中多古荒。衣食可力求，此外何所望？

【校　記】

〔一〕黄本作「上」。

大回中

樊水欲東流，大江又北來。樊山當其南，此中爲大回。回中魚好遊，回中多釣舟。漫欲作漁人，終焉無所求。

小回中

叢石横大江，人言是釣臺。水石相衝激，此中爲小回。回中浪不惡，復在武昌郭。來客去客船，皆向此中泊。

將牛何處去二首

將牛何處去，耕彼故城東。相伴有田父，相歡惟牧童。

將牛何處去，耕彼西陽城。叔閑修農具，直者伴我耕叔閑，漫叟韋氏甥。直者，漫叟長子也。

將船何處去二首

將船何處去，釣彼大回中。叔静能鼓橈，正者隨弱翁叔静，漫叟李氏甥。正者，漫叟次子也。

將船何處去，送客小回南。有時逢惡客非酒徒，即爲惡客，還家亦少酣。

酬〔一〕孟武昌苦雪〔二〕

積雪閑山路，有人到庭前。云是孟武昌，令獻苦雪篇。長吟未及終，不覺爲悽然。古之賢達者，與世竟何異？不能救時患，諷諭〔三〕以全意。知公惜春物，豈非愛時和？知公苦陰雪，傷彼灾患多。姦兇正驅馳，不合問君子。林鶯與野獸，無乃怨於此。兵興向九歲，稼穡誰能憂？何時不發卒，何日不殺牛？耕者日已少，耕牛日已希〔四〕。皇天復何忍，更又恐斃之！自經危亂來，觸物堪傷歎。見君問我意，只益胸中亂。山禽飢不飛，山木凍皆折。懸泉化爲冰，寒水近不熱。出門望天地，天地皆昏昏。時見雙峰下，雪中生白雲。

【校記】

〔一〕黄本作「訓」，通。〔二〕寶應二年（即廣德元年，七六三）春作。〔三〕《全唐詩》注云：一作「論」。〔四〕黄本作「稀」。

漫酬〔一〕賈沔州有序〔二〕

賈德方與漫叟者，懼漫叟不能甘窮獨，懼叟〔三〕又須爲官，故作詩相喻，其指曰：勸爾莫作官，作官不益身。因德方之意，遂漫酬〔四〕之。

往年壯心在，嘗欲濟時難。奉詔舉州兵，令得誅暴叛。上將屢顛覆，偏師常〔五〕救亂。未曾弛戈甲，終日領簿案。出入四五年，憂勞忘昏旦。無謀静兇醜，自覺愚且愞。豈欲皂〔六〕櫪中，争食麧與蘱麧，糠中可食者，下没反。牛馬食餘草節曰蘱，下諫反。去年辭職事，所懼貽憂患。天子許安親，官又得閑散。自家樊水上，性情尤荒慢。雲山與水木，似不憎吾漫。以兹忘時世，日益無畏憚。漫醉人不嗔，漫眠人不唤。漫遊無遠近，漫樂無早晏。漫中漫亦忘，名利誰能筭？聞君勸我意，爲君一長歎。人誰年八十，我已過其半。家中孤弱子，長子未及冠。且爲兒童主，種藥老溪澗。

【校　記】

〔一〕黄本作「詶」。　〔二〕寶應二年（即廣德元年，七六三）。　〔三〕《全唐詩》「叟」上有「漫」字。

〔四〕黄本作「詶」。　〔五〕《全唐詩》作「嘗」。　〔六〕《全唐詩》及黄本並作「早」，同。

登殊亭作〔一〕

時節方大暑，試來登殊亭。憑〔二〕軒未及息，忽若秋氣生。主人既多閑，有酒共我傾。坐中不相異，豈限醉與醒？漫歌無人聽，浪語無人驚。時復一回望，心目出四溟。誰能守纓佩，日與灾患并？請君誦此意，令彼惑者聽。

【校　記】

〔一〕寶應二年（即廣德元年）夏作。　〔二〕黄本作「凭」。

喻舊部曲〔一〕

漫遊樊水陰，忽見舊部曲。尚言軍中好，猶望有所屬。故令〔二〕争者心，至死終不足。與之一杯酒，喻使燒戎服。兵興向十年，所見堪歎哭。相逢是遺人，當合識榮辱。勸汝學全生，隨我畬退谷。

【校　記】

〔一〕寶應元年及廣德元年間家樊上時作。　〔二〕石刻黄本作「今」，誤。

元次山集卷第三

春陵行有序〔一〕

癸卯歲，漫叟授道州刺史。道州舊四萬餘户，經賊已來，不滿四千，大半不勝賦稅。到官未五十日，承諸使徵求，符牒二百餘封，皆曰：失其限者罪至貶削。於戲！若悉應其命，則州縣破亂，刺史欲焉逃罪。若不應命，又即獲罪戾，必不免也。吾將守官，静以安人，待罪而已。此州是春陵故地，故作《春陵行》以達下情。

軍國多所需〔二〕，切責在有司。有司臨郡縣，刑法竟〔三〕欲施。供給豈不憂，徵斂又可悲。州小經亂亡，遺人實困疲。大鄉無十家，大族命單羸。朝飡〔四〕是草根，暮食是〔五〕木皮。出言氣欲絶，言〔六〕速行步遲。追呼尚不忍，况乃鞭朴之！郵亭傳急符，來往迹相追。更無寬大恩，但有迫促〔七〕期。欲令鬻兒女，言發恐亂隨。悉使索其家，而又無生資。聽彼道路言，怨傷誰復知？去冬山賊來，殺奪幾無遺。所願見王官，撫養以惠慈。奈何重驅逐，不使存活爲？安人天子命，符節我所持。州縣忽亂亡，得罪復是誰？逋緩違詔令，蒙責固所〔八〕宜。前賢重守分，惡以禍福移。亦云貴守官，不愛能適時。顧惟孱弱者，正直當不虧。何人采國風，吾欲獻此辭。

【校　記】

〔一〕廣德二年（七六四）。　〔二〕明本、黄本均作「須」，通，此從《全唐詩》。　〔三〕《全唐詩》作「競」。　〔四〕《全唐詩》及黄本均作「餐」。　〔五〕《全唐詩》作「仍」。　〔六〕《全唐詩》作「意」。　〔七〕石刻黄本作「切」，非。　〔八〕《全唐詩》作「其」。

賊退示官吏有序〔一〕

癸卯歲，西原賊入道州，焚燒〔二〕殺掠，幾盡而去。明年，賊又攻永州〔三〕，破邵，不犯此州邊鄙而退。豈力能制敵歟？蓋蒙其傷憐而已。諸使何爲忍苦徵斂？故作詩一篇，以示官吏。

昔歲逢太平，山林二十年。泉源在庭户，洞壑當門前。井税有常期，日晏猶得眠。忽然遭世變，數歲親戎旃。今來典斯郡，山夷又紛然。城小賊不屠，人貧傷可憐。是以陷鄰境，此州獨見全。使臣將王命，豈不如賊焉？今彼徵斂者，迫之如火煎。誰能絶人命，以作時世〔四〕賢？思欲委符節，引竿自刺船。將家就魚麥，歸老江海〔五〕邊。

【校　記】

〔一〕廣德二年（七六四）。　〔二〕《全唐詩》注：一本無「焚燒」二字。　〔三〕《全唐詩》無「州」字。

〔四〕黄本作「勢」，非。　〔五〕《全唐詩》作「湖」。

宿無爲觀〔一〕

九疑山深幾千里，峰谷崎嶇人不到。山中舊有仙姥家，十里飛泉遶丹竈。如今道士三四人，茹芝鍊玉學輕身。霓裳羽蓋傍臨壑，飄飄〔二〕似欲來雲鶴。

【校　記】

〔一〕永泰元年（七六五）。　〔二〕《全唐詩》下「飄」字作「颻」。

無爲洞口作〔一〕

無爲洞口春水〔二〕滿，無爲洞傍春雲白。愛此踟躕不能去，令人悔作衣冠客。洞傍山僧皆學禪，無求無欲亦忘年。欲問其心不能問，我到此〔三〕中得無悶。

【校　記】

〔一〕永泰元年（七六五）。　〔二〕黄本作「山」。　〔三〕《全唐詩》作「山」。

登九疑第二峰〔一〕

九疑第二峰，其上有仙壇。杉松〔二〕映飛泉，蒼蒼在雲端。何人居此處，云是魯女冠。不知幾百歲，讌坐餌金丹。相傳羽化時，雲鶴滿峰巒。婦中有高人，相望空長歎。

【校　記】

〔一〕永泰元年（七六五）。　〔二〕黄本作「松杉」。

劉侍御月夜讌會并序〔一〕

兵興已來十一年矣，獲與同志〔二〕歡醉達旦，詠歌取適，無一二焉。乙巳歲，彭城劉靈源在衡陽，逢故人或有在者，曰〔三〕：「昔相會，第歡遠遊。始與諸公待月而笑語，竟與諸公愛月而歡醉。詠歌夜久，賦詩言懷。於戲！文章道喪蓋久矣！時之作者，煩雜過多，歌兒舞女，且相喜愛，系之風雅，誰道是耶？諸公嘗欲變時俗之淫靡，爲後生之規範。今夕豈不能道達情性，成一時之美乎？」我從蒼梧來，將耕舊山田。踟躕爲故人，且復停歸船。日夕得相從，轉覺和樂全。愚愛涼風來，明月正滿天。河漢望不見，幾星猶粲然。中夜興欲酣，改坐臨清川。未醉恐天旦，更歌促繁絃。歡娱不可逢，請君莫言旋。

【校　記】

〔一〕永泰元年（七六五）。　〔二〕一本作「心」。　〔三〕《全唐詩》及黄本作「日」，誤。

題孟中丞茅閣〔一〕

小山爲郡城，隨水能縈紆。亭亭最高處，今是西南隅。杉大老猶在，蒼蒼數十株。垂陰滿城上，枝葉何扶疏。乃知四海中，遺事誰謂無？及覩茅閣成，始覺形勝殊。憑軒望熊湘，雲樹連蒼梧。天下正炎熱，此然冰雪俱。客有在中坐，頌歌復何如？公欲舉遺材，如此佳木歟？公方庇蒼生，又如斯閣乎？請達謡頌聲，願公且踟躕。

【校　記】

〔一〕永泰元年（七六五）。

别何員外〔一〕

誰能守清躅，誰能嗣世儒？吾見何君饒，爲人有是夫。黜官二十年，未曾暫崎嶇。終不病貧賤，寥寥無所拘。忽然逢知己，數月領官符。猶是尚書郎，收賦來江湖。人皆悉蒼生，隨意極所須。比盜無兵甲，似偷又不如。公能獨寬大，使之力自輸。吾欲探時謡，爲公伏奏書。但恐抵忌諱，未知肯聽無。不然且相送，醉歡於坐隅。

【校　記】

〔一〕永泰元年（七六五）。

送孟校書往南海并序〔一〕

平昌孟雲卿與元次山同州里，以辭學相友，幾二十年。次山今罷守舂陵，雲卿始典〔二〕校芸閣。於戲！材業，次山不如雲卿；辭賦，次山不如雲卿；通和，次山不如雲卿。在次山又詡然求進者也，誰言時命，吾欲聽之。次山今且未老，雲卿少次山六七歲。雲卿聲名〔三〕滿天下，知己在朝廷，及次山之年，雲卿何事不可至？勿隨長風，乘〔四〕興蹈海；勿愛羅浮，往而不歸。南海幕府有樂安任鴻，與次山最舊，請任公爲次山一白府主，趣資裝雲卿使北歸，慎勿令徘徊海上。諸公第作〔五〕歌送之。

吾聞近南海，乃是魑魅鄉。忽見孟夫子，歡然遊此方。忽喜海風來，海帆又欲張〔六〕。漂漂隨所去，不念歸路長。君有失母兒，愛之似阿陽。始解隨人行，不欲離君傍。相勸早旋歸，此言慎勿忘！

【校記】

〔一〕明本詩題原作「別孟校書」，此從《全唐詩》。永泰二年（即大曆元年，七六六）。〔二〕黄本作「與」，誤。〔三〕明本及黄本並作「名聲」，此從《全唐詩》。〔四〕石刻黄本作「來」，誤。〔五〕明本及黄本作「醉」，此從《全唐詩》。〔六〕黄本作「長」，誤。

招陶別駕家陽華作〔一〕

海内厭兵革，騷騷十二年。陽華洞中人，似不知亂焉。誰能家此地，終老可自全。草堂背巖洞，幾峰軒户前。清渠匝庭堂，出門仍灌田。半崖盤石徑，高亭臨極顛。引望見何處，逶迤〔二〕隴北川。杉松〔三〕幾萬株，蒼蒼滿前山。巖高曖華陽，飛溜何潺潺。洞深迷遠近，但覺多洄淵。晝遊興未盡，日暮不欲眠。探燭飲洞中，醉昏漱寒泉。始知天下心，耽愛各有偏〔四〕。陶家世高逸，公忍不獨然。無或畢婚嫁，竟爲俗務牽。

【校　記】

〔二〕永泰二年(即大曆元年,七六六)。〔二〕《全唐詩》作「迤逶」。〔三〕黄本作「松杉」。〔四〕明本原作「徧」,誤,此從《全唐詩》及黄本。

宿洄溪翁宅〔一〕

長松萬株遶茅舍,怪石寒泉近簷〔二〕下。老翁八十猶能行,將領兒孫行拾稼。吾羨老翁居處幽,吾愛老翁無所求。時俗是非何足道,得似老翁吾即休。

【校　記】

〔一〕永泰二年(即大曆元年,七六六)。〔二〕《全唐詩》作「巖」。黄本作「檐」,檐,同簷。

説洄溪招退者在州南江華縣〔一〕

長松亭亭滿四山,山間乳竇流清泉。洄溪正在此山裏,乳水松膏常灌田。松膏乳水田肥良,稻苗如蒲米粒長。糜色如珈玉液〔二〕酒,酒熟猶聞松節香。溪邊老翁年幾許,長男頭白孫嫁女。問〔三〕言只食松田米,無藥無方向人語。浯溪石下多泉源,盛暑大寒冬大温。屠蘇宜在水中石，洄溪一曲自當門。吾今欲作洄溪翁，誰能住我舍西東。勿憚山深與地僻，羅浮尚有葛仙翁。

【校　記】

〔一〕永泰二年（即大曆元年，七六六）。　〔二〕石刻黄本作「卮」。　〔三〕石刻黄本作「聞」。

窊樽詩〔一〕

巉巉小山石，數峰對〔二〕窊亭。窊石堪爲樽〔三〕，狀類不可名。巡回數尺間，如見小蓬瀛。樽〔四〕中酒初漲，始有島嶼生。豈無日觀峰，直下臨滄溟。愛之不覺醉，醉卧還自醒。醒醉在樽〔五〕畔，始爲吾性情。若以形勝論，坐隅臨郡城。平湖近階砌，遠山復青青。異木幾十株，枝條冒簷〔六〕楹。盤根滿石上，皆作龍蛇形。酒堂貯釀器，户牖皆罌缾。此樽〔七〕可常滿，誰是陶淵明。

【校　記】

〔一〕在道州。永泰二年（即大曆元年，七六六）。　〔二〕《全唐詩》注云：一作「戴」。　〔三〕黄本作「尊」。　〔四〕黄本作「尊」。　〔五〕黄本作「尊」。　〔六〕黄本作「檐」。　〔七〕黄本作「尊」。

朝陽巖下歌〔一〕

朝陽巖下湘水深，朝陽洞口寒泉清。零陵城郭夾湘岸，巖洞幽奇帶〔二〕郡城。荒蕪自古人不見，零陵徒有先賢傳。水石爲娱安可羡，長歌一曲留相勸〔三〕。

【校　記】

〔一〕永泰二年（即大曆元年，七六六）。〔二〕黄本作「當」。〔三〕明本原無第三、第四、第五句。此從《全唐詩》及黄本。

遊右溪勸學者〔一〕

小溪在城下，形勝堪賞愛。尤宜春水滿，水石更殊怪。長山勢回合，井邑相縈帶。石林繞舜祠，西南正相對。階庭無争訟，郊境罷守衛。時時溪上來，勸引辭學輩。今誰不務武，儒雅道將廢。豈忘二三子，旦夕相勉勵。

【校　記】

〔一〕《全唐詩》「右」作「石」，誤。又「勸」作「示」。永泰大曆間道州任内作。

遊漶泉示泉上學者〔一〕

顧吾漫浪久，不欲有所拘。每到漶泉上，情性可安舒。草堂在山曲，澄瀾涵階除。松竹陰〔二〕幽徑，清源湧坐隅。築塘列圃畦，引流灌時蔬。復在郊郭外，正堪静者居。愜心則自適，喜尚人或殊。此中若可安，不佩〔三〕銅虎符。

【校　記】

〔一〕永泰大曆間道州任内作。　〔二〕黄本作「蔭」。　〔三〕《全唐詩》作「服」。

石魚湖上作有序〔一〕

漶泉南上，有獨石在水中，狀如遊魚。魚凹處，修之可以貯舉魚反酒。水涯四匝多欹石相連，石上堪人坐。水能浮小舫載酒，又能繞石魚洄流。乃命湖曰「石魚湖」，鐫銘於湖上，顯示來者，又作詩以歌之。

吾愛石魚湖，石魚在湖裏。魚背有酒樽〔二〕，繞魚是湖水。兒童作小舫，載酒勝一杯。座中令酒舫，空去復滿來。湖岸多欹石，石下流寒泉。醉中一盥漱，快意無比焉。金玉吾不須，軒冕吾不愛。且欲坐湖畔，石魚長相對。

【校　記】

〔一〕永泰大曆間道州任内作。〔二〕黄本作「尊」。

宴湖上亭作〔一〕

廣亭蓋小湖，湖亭實清曠。軒窗〔二〕幽水石，怪異尤難狀。石樽〔三〕能寒酒，寒水宜初漲。岸曲坐客稀，杯浮上摇漾。遠風〔四〕入簾幕，淅瀝吹酒舫。欲去未回時，飄飄正堪望。酣興思共醉，促酒更相向。舫去若〔五〕驚鳬，溶瀛滿湖浪。朝來暮忘返，暮歸獨惆悵。誰肯愛林泉，從吾老湖上。

【校　記】

〔一〕永泰大曆間道州任内作。〔二〕黄本作「牕」。〔三〕黄本作「尊」。〔四〕《全唐詩》作「水」。

〔五〕黄本作「欲」。

引東泉作〔一〕

東泉人未知，在我左山東。引之傍山來，垂流落庭中。宿霧含朝光，掩映如殘虹。有時散成雨，飄灑隨清風。衆源發淵竇，殊怪皆不同。此流又高懸，灕灕乎袁反〔二〕在長空。山林何處無，兹地不可逢。吾欲解纓佩，便爲泉上翁。

【校　記】

〔一〕永泰大曆間道州任内作。　〔二〕黄本作「孚袁反」。

登白雲亭〔一〕

出門上〔二〕南山，喜逐松徑行。窮高欲極遠，始到白雲亭。長山繞井邑，登望宜新晴。洲渚曲湘水，縈回隨郡城。九疑千萬峰，嵺嵺天外青。烟雲無遠近，皆傍林嶺生。俯視松竹間，石水何幽清。涵映滿軒户，娟娟如鏡明。何人病惛濃，積醉且未醒。與我一登臨，爲君安性情。

【校　記】

〔一〕永泰大曆間道州任内作。　〔二〕《全唐詩》作「見」。

潓陽亭作有序〔一〕

初得潓泉，則爲亭於泉上。因開簷〔二〕霤，又得石渠，泉渠相宜，亭更加好。以亭在泉北，故命之曰「潓陽亭」。

問吾常讌息，泉上何處好？獨有潓陽亭，令人可終老。前軒臨潓泉，憑〔三〕几漱清流。外物自相擾，淵淵還復休。有時出東户，更欲簷〔四〕下坐。非我意不行，石渠能留我。峰石若鱗次，欹垂復旋回。爲我引潓泉，泠泠簷〔五〕下來。天寒宜泉温，泉寒宜天暑。誰到潓陽亭，其心肯思去？

【校記】

〔一〕永泰大曆間道州任内作。〔二〕黄本作「檐」。〔三〕黄本作「凭」。〔四〕黄本作「檐」。〔五〕黄本作「檐」。

夜讌石魚湖作〔一〕

風霜雖慘然，出遊熙天正〔二〕平聲。登臨日暮歸，置酒湖上亭。高燭照泉深，光華溢軒楹。如見海底日，曈曈日始明，徒紅反始欲生。夜寒〔三〕閉窗户，石溜何清泠。若在深洞中，半崖聞水聲。醉人疑舫影，呼指遞相驚。何故有雙魚，隨吾酒舫行。醉昏能誕語，勸醉能忘情。坐無拘忌人，勿限醉與醒。

【校　記】

〔一〕永泰大曆間道州任内作。　〔二〕《全唐詩》注云：一作「晴」。　〔三〕黄本作「寒夜」。

石魚湖上醉歌有序〔一〕

漫叟以公田米釀酒，因休暇，則載酒於湖上，時取一醉。歡醉中，據湖岸，引臂向魚取酒，使舫載之，徧飲坐者。意疑倚巴丘酌於君山之上，諸子環洞庭而坐，酒舫泛泛然觸波濤而往來者，乃作歌以長之。

石魚湖，似洞庭，夏水欲滿君山青。山爲樽〔二〕，水爲沼，酒徒歷歷坐洲島。長風連日作大浪，不能廢人運酒舫。我持長瓢坐巴丘，酌飲四坐以散愁。

【校　記】

〔一〕永泰大曆間道州任内作。　〔二〕黄本作「尊」。

宿丹崖翁宅〔一〕

扁舟欲到瀧口湍，春水湍瀧上水難。投竿來泊丹崖下，得與崖翁盡一歡。丹崖之亭當石顛，破竹半山引寒泉。泉流掩映在木杪，有若白鳥飛林間。往往隨風作霧雨，濕人巾履滿庭前。丹崖翁，愛丹崖，棄官幾年崖下家。兒孫棹船抱酒甕，醉裏長歌揮釣車。吾將求退與翁遊，學翁歌醉在漁舟。官吏隨人往未得，却望丹崖慙復羞。

【校　記】

〔一〕大曆二年（七六七）。

欸乃曲五首有序〔一〕

大曆丁未中，漫叟以軍事詣都使還州〔二〕。逢春水，舟行不進，作《欸乃》五曲〔三〕，舟〔四〕子唱之，蓋欲〔五〕取適於道路耳〔六〕。詞曰：

偶〔七〕存名迹在人間，順俗與時未安閑。來謁大官兼問政，扁舟却入九疑山。

湘江二月春水平，滿月和風宜夜行。唱橈欲過平陽戍，守吏相呼問姓名。

千里楓林烟雨深，無朝無暮有猿吟。停橈静聽曲中意，好是雲山韶濩音。

零陵郡北湘水東，浯溪形勝滿湘中。溪口石顛堪自逸，誰能相伴作漁翁？

下瀧船似入深淵，上瀧船似欲昇天。瀧南始到九疑郡，應絶高人乘興船。

【校　記】

〔一〕大曆二年（七六七）。〔二〕《全唐詩》此句作「漫叟結爲道州刺史，以軍事詣都使還州」。〔三〕《全唐詩》作「首」。又注云：一作「章」。〔四〕《全唐詩》「舟」上有「令」字。〔五〕《全唐詩》作「以」。〔六〕《全唐詩》作「云」。〔七〕《樂府詩集》作「偏」。

橘井〔一〕

靈橘無根井有泉，世間如夢又千年。鄉園不見重歸鶴，姓字今爲第幾仙。風冷〔二〕露壇人悄悄，地閑荒逕〔三〕草綿綿。如何躡得蘇君迹，白日霓旌擁上天。

【校　記】

〔一〕明本原缺此詩，惟於卷末拾遺中見之。《全唐詩》亦收之。北京圖書館藏王國維校《元次山文集》謂此決非次山詩。按王氏言是也，無論從思想内容上考察或從風格上考察，此斷非次山之作。

〔二〕《全唐詩》作「泠」，誤。〔三〕《全唐詩》作「徑」，同。

元次山集卷第四

元謨〔一〕

古者純公以惛愚聞，或曰：「公知聖人之道。」天子聞之，咨〔二〕而問焉。公謝曰：「臣生自山野，順時而老。心如草木，身若鳥獸。主君所問，臣安能知？請説所聞，惟主君聽之。臣曾記有説風化頽弊〔三〕，或以之興，或以之亡者，不知何代君臣。其臣曰：『上古之君，用真而耻聖，故大道清粹，滋於至德，至德蘊淪，而人自純。其次用聖而耻明，故乘道施教，修教設化，教化和順，而人從信。其次用明而耻殺，故沿化興法，因教置令，法令簡要，而人順教。此頽弊以昌之道也。殆〔四〕乎衰世之君，先嚴而後殺，乃引法樹刑，援令立罰，刑罰積重，其下畏恐。繼者先殺而後淫，乃深刑長暴，酷罰恣虐，暴虐日肆，其下須畏。繼者先淫而後亂，乃乘暴至亡，因虐及滅，亡滅兆鍾，其下憤凶。此頽弊以亡之道也。』其君歎曰：『嗚呼！真聖之風，歿無象耶？明順之道，誰爲嗣耶？嚴正之源，開已竭耶？殺淫之流，日深大耶？吾其頌昌人之道，爲戒心之賓。』」

【校　記】

〔一〕天寶六載（七四七）。按，《元謨》《演謨》《系謨》，即《二風詩序》所稱「皇謨三篇」。〔二〕黃本作「恣」，誤。〔三〕石刻黃本作「敗」，誤。〔四〕《全唐文》作「迨」，通。

演謨〔一〕

天子聞之，惄奴歷反然不娭，冥然深思，乃曰：「昌人之道，豈無故歟？公其演之，其故何如？」公曰：「嗚呼！頽弊以昌之道，其由上古强毁純樸，强生道德，使興云云，使亡惛惛，始開禮樂，始鼓仁義，乃有善惡，乃生真僞。然後勤儉之風，發而逾扇；嚴急之教，起而逾變。須智謀以引喻，須信讓以敦護。是故必垂清净，必保公正。所謂聖賢相逢，瀛瀛溶溶，不放不封，乃見禁而無殺，順而無訛，猗傸以脂反優游，尚致平和。嗚呼！頽弊以亡之故，其由中古轉生澆眩，轉起邪詐，變其娭娭，驅令嗤嗤，則聞溺惑，則見凶侈，遂長淫靡。然後忿争之源，流而日廣；慘毒之根，植而彌長。用苛酷以威服，用諂〔二〕諛以順欲。是故皆恣昏虐，必生亂惡。所謂庸愚相遭，諠諠囂囂，以悲以號，乃見苦而彌怨，逆而彌悖，撣援上式連反，下式元反怰悂〔三〕上黃練反，下餘見反，轉扇不歇。」天子感之，欸於改反然歎〔四〕曰：「噫！聖賢孤獨，生不騈世。蒼蒼四海，生類誰濟？」公曰：「嗚呼！不可遂已。聖人須極道於常臣，賢人須滋德於庸君。使道德優優，不豐不紛，乃須殺而不淫，罰而不重，戒其虐惑，制其昏縱。」

【校記】

〔一〕天寶六載（七四七）。〔二〕明本及黄本作「謟」，誤，此從《全唐文》。〔三〕《全唐文》及黄本並作「抆挻」。〔四〕黄本作「難」，誤。

系謨〔一〕

天子聞之，惘然思而歎曰：「太皇之道，於今已亡。衰季之德，吾不忍當。將學殺而不淫，罰而不重，戒其虐惑，制其昏縱。行之之道，惟公教之。」公曰：「於明主君，斯道未易。猗明主君，斯道良難。敢爲主君，商較其端。夫王者，其道德在清純玄粹，惠和溶油，不可慁會盪爣胡廣反，衰傷元休。其風教在仁慈諭勸，禮信道達，不可沿以澆浮，溺之淫末。其衣服在禦於四時，勿加敗弊，不可積以繡綺〔二〕，奢侈過制。其飲食在備於五味，示無便耽〔三〕，不可煎熬珍怪，尚惑所甘。其器用在絶於文彩，敦尚素朴，不可駢鈿珠貝，肆極侈削。其宮室在省費財力，以免隘陋，不可殫窮土木，叢羅聯構。其苑〔四〕囿在合當制度，使人無厭，不可墻塹肥饒，極地封占。其賦役在簡簿均當，使各勝供，不可横酷繁聚，損人傷農。其刑法在大小必當，理察平審，不可煩苛暴急，殺戮過甚。其兵甲在防制戎夷，鎮服暴變，不可怙恃威武，窮黷争戰。其畋獵在順時教校〔五〕，不追以驅，不可騁於殺害，肆極荒娱。其聲樂在節諧八音，聽聆金石，不可耽喜靡慢，宴安淫溺。其嬪嬙在備禮供侍，以正後宫，不可寵貴妖艷，惛好無窮。其任用在校〔六〕掄材能，察視邪正，不可授付非人，甘順姦佞。其郊祀在敦本廣敬，展誠重禮，不可淫慢禱祈，僻有所係。其思慮在慎於安危，誡其溢滿，不可沈溺近習，肆任談誕。如此，順之爲明聖，逆之爲凶虐。可以觀乎興廢，可以見乎善惡。」純公言已，天子謝曰：「公之所述，真王者之謨。必當篆刻，置之座隅。」

【校　記】

〔一〕天寶六載（七四七）。　〔二〕《全唐文》作「綺繡」。　〔三〕明本及黄本並作「躭」，此從《全唐文》。

〔四〕石刻黄本作「園」，非。　〔五〕黄本作「挍」。　〔六〕黄本作「挍」。

喻友〔一〕

天寶丁亥中，詔徵天下士人有一藝者，皆得詣京師就選。相國晉公林甫以草野之士猥多，恐泄漏當時之機，議於朝廷曰：「舉人多卑賤愚瞶五拜反，不識禮度，恐有俚〔二〕良士反言，污濁聖聽。」於是奏待制者悉令尚書長官考試，御史中丞監之，試如常吏如吏部試詩賦論策。已而布衣之士無有第者，遂表賀人主，以爲野無遺賢。元子時在舉中，將東歸，鄉人有苦貧賤者，欲留長安依託〔三〕時權，徘徊相謀，因諭之曰：「昔世已來，共尚丘園潔白之士，蓋爲其能外獨〔四〕自全，不和不就；飢寒切之，不爲勞苦；自守窮賤，甘心不辭。忽天子有命聘之，玄纁束〔五〕帛以先意，薦論〔六〕擁篲以導道。欲有所問，如咨師傅。聽其言，則可爲規戒；考其行，則可爲師範；用其材，則可約〔七〕經濟。與之權位，乃社稷之臣。君能忘此，而欲隨逐駑駘，入棧櫪中，食下厩蒭豢上侯辨反，下下没反，爲人後騎，負皁隸，受鞭策耶？人生不方正忠信以顯榮，則介潔静和以終老。」鄉人於是與元子偕歸。於戲！貴不專權，罔惑上下，賤能守分，不苟求取，始爲君子。因喻鄉人，得及林甫，言意可存，編爲《喻友》。

【校記】

〔一〕天寶六載（七四七）。〔二〕明本作「諲」，黄本作「理」，此從《全唐文》。〔三〕明本原訛作「記」，黄本作「托」，此從《全唐文》。〔四〕《全唐文》作「濁」。〔五〕明本原訛作「東」，此從《全唐文》及黄本。〔六〕疑爲「輪」字之訛。〔七〕《全唐文》及黄本均作「爲」。

寱五計反論〔一〕

元子天寶中曾預讌於諫〔二〕大夫之座，酒盡而無以續之。大夫歎曰：「諫議散〔三〕冗者，貧無以繼酒，嗟哉！」元子醉中議之曰：「大夫頗〔四〕能用一謀，令大夫尊重如侍中，威權等司隸，何若〔五〕？」大夫問謀。對曰：「得〔六〕寱婢一人在人主左右，以寱言〔七〕先諷，則可。請有所說。大夫不聞古有郃〔八〕土來反侯，侯家得寱婢，寐則寱言，言則侯輒鞭之。如是一歲，婢寱如故，侯無如婢何。有夷奴，每厭勞辱，寐則假寱，其言似不怨〔九〕而若忠信。侯聞，問之，則曰：『素有寱病，寐中寱言，非所知也。』引寱婢自辨，辭說云云。侯疑學婢，鞭之不止，髡之鉗之，奴寱愈甚。奴於是重窺侯意，先事寱說，說侯之過，警以禍福。侯又無如奴何。客有知侯禍機，因寱奴之先，扣侯門，諫侯〔一〇〕以改過免禍。侯納客爲上賓，復〔一一〕方六反其奴，命曰寱良氏，子孫世在于郃。大夫誠能學奴效婢，假寱言以譏〔一二〕諫人主，俾〔一三〕悔過追誤，與天下如新，大夫見尊重威權，何止侍中、司隸！」大夫乃歎曰：「嗚呼！吾謂今之士君子，曾不如郃侯夷奴耶〔一四〕？」

【校記】

〔一〕天寶七載（七四八）左右作。　〔二〕《全唐文》「諫」下有「議」字。　〔三〕《全唐文》無「散」字。

〔四〕石刻黃本作「須」。〔五〕《全唐文》作「若何」。〔六〕《全唐文》「得」上有「大夫」二字。〔七〕《全唐文》「言」下有「爲」字。〔八〕黃本注：湯來反。〔九〕《全唐文》「怨」下有「主」字。〔一〇〕《全唐文》「侯」下復有「侯」字。〔一一〕黃本注：方又反。〔一二〕《全唐文》作「規」。〔一三〕明本原無「俾」字，此從《全唐文》。〔一四〕明本、黃本均無「耶」字，此從《全唐文》。

丐論〔一〕

天寶戊子中，元子遊長安，與丐者爲友。或曰：「君友丐者，不太下乎？」對曰：「古人鄉無君子，則與雲山爲友；里無君子，則與松竹〔二〕爲友；坐無君子，則與琴酒爲友。出遊於國，見君子則友之。丐者今之君子，吾恐不得與之友也。丐者丐論，子能聽乎？吾既與丐者相友，喻求罷。丐友相喻曰：『子羞吾爲丐耶？有可羞者，亦曾知之〔三〕未也。嗚呼！於今之世，有丐者，丐宗屬於人，丐嫁娶於人，丐名位於人，丐顔色於人。甚者則丐權家奴齒以售邪妄〔四〕，丐權家婢顔以容媚惑。有自富丐貧，自貴丐賤。於刑丐命，命不可得；就死丐時，就時丐息，至死丐全形，而終有不可丐者。更有甚者，丐家族於僕圉，丐性命於臣妾。丐宗廟而不取〔五〕，丐妻子而無辭。有如此者，不〔六〕爲羞哉？吾所以丐人之棄衣，丐人之棄食，提罌〔七〕倚〔八〕杖，在於路傍，且欲與天下之人爲同類耳，不然，則無顔容行於人間。夫〔九〕

丐衣食，貧也，以貧乞丐，心不慙。迹與人同，示無異也。此君子之道，君子〔一〇〕不欲全道耶？幸不在山林，亦宜具〔一一〕甖〔一二〕杖隨我，作丐者之狀貌，學丐者之言辭，與丐者之相逢，使丐者之無耻。庶幾時〔一三〕世始能相容，吾子無矯然取不容也。』」於戲！丐者言語如斯，可編爲《丐論》〔一四〕，以補《時規》。

【校　記】

〔一〕天寶七載（七四八）。黃本題無「論」字。　〔二〕《全唐文》作「柏」。　〔三〕《全唐文》無「之」字。　〔四〕《全唐文》作「佞」。　〔五〕《全唐文》作「敢」。　〔六〕《全唐文》「不」下有「可」字。　〔七〕《全唐文》作「罌」，同。　〔八〕《全唐文》作「荷」。　〔九〕《四部備要》本作「矣」，連上讀。　〔一〇〕《全唐文》「君子」上有「吾」字。　〔一一〕明本原訛爲「且」，此從《全唐文》及黃本。　〔一二〕《全唐文》作「罌」。　〔一三〕明本及黃本均無「時」字，此從《全唐文》。　〔一四〕此句明本作「可爲編爲丐論」，黃本作「可爲丐論」，均非，從《全唐文》。

説楚何荒王賦上〔一〕

梁寵王召君史問曰：「史之記事無有遺乎？」對曰：「有之。臣楚人也，請説楚人之遺事。昔聞臣何荒王使釣翁相水，相置浮宮之所，相用罛孤釣之處。翁曰：『臣相水多矣，不能悉説，請説相〔二〕江之流。有礲盧紅有瀧，其至險也，實迴山如鬭，攲去其反壁〔三〕若合；陽崖陰壑，景氣常雜；崩流激聲，空響相答。則有峮嶙〔四〕上去倫，下綺兢峻束，噴瀆觸沃；衝回彎漩上方萬，下辭選，圮崖開谷。故衆聲相喧，積氣相昏，竇於女、於巾二切闐〔五〕深沈，出入千里，常如凝陰。是以魚經其中，皆鬣禿鱗脱，眗休俱反，舉眼也腮嚅煦。忽爲淵流，瀛瀛油油，藴淳無聲，島嶼若浮。則有厭波濤湍險之苦者，必於其間養鱗讓鬣，休游施舒。如此之處，皆曰魚都。君王審之，無易此乎。』荒王眺歎曰：『釣翁皐〔六〕父，其思隘歟？乃欲置吾於湘水一曲，釣羅病魚。吾自相水，洞庭可矣。』於是命造罛釣，於是命造浮宮。令罛釣所至，淵無藏龍；令浮宮所狀，與仙府比同。宮有天舤五忽反龍殿，當居史端，實靈〔七〕郎丁巫鬼，祝女司宮，侍何荒王而公族國卿莫得至焉。宮有艎臺揭拔〔八〕，類擬天都，薰珍鈿塗，纓佩垂紨，金珠玉爐〔九〕，蕭謬清泠，苾馥芬敷。臣何荒王於此臺上，與姙女嫮胡故反姝，雙歌閑徐，娭然自娱。宮有艂〔一〇〕敷容反堂艓巨禁反房，舸古侯館艨莫紅反廊，載戲兒〔一一〕妓〔一二〕官，諧奴内臣，宮姥〔一三〕優倡，及瓻器不名，舩徒弄反，舟纜所繫維宮傍。宮有聯艫，負土以爲艫力丁反囿，囿多夭草媚木，淫禽醜獸。宮有海舸徒紅反之闕，仡倔上許訖，下衢物鮮〔一四〕懸，左曰瑞風，右曰祥烟。宮有四門，青氣白雲，丹景玄寒。然後始爲鷁城，匝宮屯備，交戰〔一五〕禁御，梺所今反羅攢峙。其餘駭鯨之艆魯堂反，飛龍之舫，鳧艋鶴艓所甲反，羅宮上下者，千里相望。浮宮可御，而罛釣無〔一六〕成。臣何荒王乃浮浮宮于都龍之漩泠，出洞庭之南渶音英。將觀蠻師夷父〔一七〕，與漁者試罛釣於沅湘會浘无匪反。臣何荒王始見積魚之山，而喜色未起。又〔一八〕見罛〔一九〕猶畜委，釣未施已，瀠洄淵洑，周衺千里，罛中之魚，皆觸蹙鰕〔二〇〕駭，投跳委壘，可以薦車。臣何荒王輦於其上，而心始喜。是日，置魚監，拜網尉，釣尹司綸，各有等次。又有類龍學鰉，肘釣䏶傍禮反釖，鵬騰鶚躍，潛深錯㯳〔二一〕下蘇合反，人叢在水中貌。得怪魚狀〔二二〕龍者，皆差授官爵。」寵王聞之喜曰：「吾國無有長流激湍，平湘大淵，而不知有此樂也。始知城池宮館爲拘我之邸，山澤鷹犬爲勞我之方。當誦記所聞，歸學而主。」君史証之盛反曰：「不然。須臣言已，或可聽焉。臣聞浮宮之成也，臣何荒王令群臣有後爲浮司不爲浮茅者族，百姓能率爲浮家共爲浮鄉者復方六。男子能湍游上下者爲王賓，女子能淵居移日者爲王嬪。未及一年，遂變楚俗。川原有楚室之鄉，江湖有駢舟之曲。家見湍上之悲，户聞臨淵之哭。時野有歎曰：嗚呼！有國者非喜愛亡國，有家者非喜愛亡家。當取其亡也，如喜愛者耶？今君上喜愛浮宮罛釣，令臣下喜愛浮司浮鄉，吾恐君臣各迷，而家國共亡。此實楚正士歎臣何荒王。臣願君王驚懼爲心，指此爲箴。」

【校記】

〔一〕疑天寶九載（七五〇）作。〔二〕《全唐文》及黃本並作「湘」。〔三〕《全唐文》作「壁」。〔四〕《全唐文》作「崓」。〔五〕明本、黃本均作「聞」，此從《全唐文》。〔六〕明本、黃本均訛爲「早」，此從《全唐文》。〔七〕《全唐文》作「霎」。〔八〕明本、黃本均作「枝」，此從《全唐文》。〔九〕黃本作「鑪」。鑪，爐之本字。〔一〇〕《全唐文》作「觪」。〔一一〕《全唐文》「兒」下有「奴」字。〔一二〕黃本「妓」字作「奴」。〔一三〕明本及黃本均作「老」，此從《全唐文》。〔一四〕《全唐文》作「解」。〔一五〕疑爲「戟」字之訛。〔一六〕黃本作「既」。〔一七〕《全唐文》作「人」。〔一八〕《全唐文》作「及」。〔一九〕黃本作「罘」，非。〔二〇〕《全唐文》作「錣」。〔二一〕黃本作「摖」。〔二二〕明本原訛爲「牧」，此從《全唐文》及黃本。

説楚何惑王賦中〔一〕

寵王矚〔二〕音宇，驚貌，以音訓考之，當作「瞩」然復問君史曰：「更有記〔三〕乎？」曰：「有之。甚妖怪也何，故不説。」寵王曰：「當必爲吾説之。」對曰：「臣聞天鄙有山，山有玉鼓。賨有天魗力丁反，扣之歌舞。聲媚金石，韻便宮羽。」寵王曰：「生休矣，吾將購之。」君史詎曰：「不可。臣所不欲説者，懼君王好之。君誠不忘歟，臣請備説，其可好乎。昔臣何惑王用閻嬖之謀，肆極荒淫，更經年歲，鑿險填深，轉餽通千里，萬金五譯。臣妾〔四〕借喻其心，然後云獲。非霎女撫鼓而天魗不舞，非霎女引和而天魗不歌。天魗舞，一容化，一分眄，一祥襘，一宛袂。臣何惑王見之，舒舒曳曳，若多醇酎而不知所制。天魗歌，一化顔，一主顧，一更聲，一换氣。臣何惑王聽之，娭娭懿懿，若已酎昏而不知所至。天魗歌舞，臣何惑王氣如陽春，始霽時雨。天魗不歌舞，臣何惑王心若已喪，而頽壞不主。嗚呼，天魗惑人至此！嗚呼，天魗媚人至斯！加〔五〕有魗頟婢真反甡所巾反甡輔之，使臣何惑王之心無所不欲，使臣何惑王之意無所不爲。獨言選女，於餘可知。其選女也，豈止嫈嬴上烏營，下以成孅嫭？及霎未笄，將齬語居反將齯魚兮反，將嬩與魚反將嫛烏嵇反。可喜美者母姨負抱，姑姊引提，詣於王宮，字籍王閨。然後割楚國廟右爲天魗作宫，分楚國社陽爲魗頟作館。悉楚國之好，奉之已窮。於所奉之心，其猶未滿〔六〕。楚國之人，已悲咨冤怨，日苦其毒。其臣何惑王尚熙悽敷娱，日思未足。野有直士，觸而証曰：『大王溺於天魗，惑於魗頟。不顧宗廟，遂亡人民。』如何下命，其令且云：『舞者能變一度，歌者能變一聲。應魗樂之節數，充寡人之性情。且能富其親族，又能貴其父兄。至於母姨姑姊，皆能與之封邑以爲世榮。』令行逾月，楚俗皆化。女忘蠶織，男忘耕稼。里開學歌之館，鄉築教舞之榭。遂使黄鐘大吕，生溺惑之聲；孤竹空桑，起怨離之調。變風俗於一歡，忘正始於一笑。大王未覺，遂不節損。此所謂鑿顛覆之源，造亂亡之本。今之所好，則妖惡之物，所爲又怪醜之事。羲軒之耳，必不肯聽；堯禹之心，必不肯喜。臣何惑王悟之，於是使嬖臣挾玉鼓與魗樂，使閽尹抱天霎魗額，鎖以金索，繫於石人，沈之深淵，飛檝而旋。」

【校　記】

〔一〕疑天寶九載（七五〇）作。　〔二〕《全唐文》作「瞞」，石刻黄本作「矚」。　〔三〕疑「記」爲「説」之訛。　〔四〕明本原作「妄」，此從《全唐文》及黄本。　〔五〕《全唐文》及石刻黄本均作「如」。　〔六〕明本訛爲「洏」，此從《全唐文》及黄本。

説楚何惛王賦下〔一〕

寵王曰：「殆哉，楚國幾爲浮宫魗樂所亡！」君史曰：「幾亡楚國，有甚於是。昔臣何惛王極暴極虐，使臣下得肆姦肆佞，肆兇肆惡。臣何惛王不知如此，亡可待矣，而乃嘆曰：『嗚呼〔二〕！堯實皁帝，禹實隸王，殷周君長，并夫可方。焉有慘然勞苦而爲人主？焉有隘然九州而裂〔三〕封諸侯？吾必合外荒夷狄，海内人民，悉奉我爲主〔四〕，欲世世臣臣。』此臣何惛王所云。又謀變先生之典禮，更萬物之名號，列宫官於海外，窮天地而徧到。而〔五〕復思稽極變化，徵驗怪異，盡難得之物，充無窮之意。荒娱厭怠，思計所爲，度國土之不大，料財力之不支。乃令人曰：『吾欲勞汝人民，休汝人民，汝人民豈知？今悉汝丁壯婦人，繼之童翁，分力負載而隨。我已老謀，我已名師，人民聽我，當無二思。』所舉既甚，所資不足，乃署官而賈，鉗孤而鬻。始令國中，絶人謗讟，贊謀者侯，敢諫者族。其令朝行，其俗暮改，有以逃罪。正言不發，萬口如封，諂〔六〕媚相與，千顔一容。野有忠臣，負符矯謁，僞爲齊客，紿而証曰：『臣入君王之封域，見君王之風化，踟躕路隅，不覺泣下。或聞哀號，或聞悲呼，訊於閭里，必鰥寡惸孤。或見凶侈，或見驕奢，訊於左右，必公侯之家。』客説未已，臣何惽王曰：『然乎謂何？』對曰：『噫〔七〕！君王不知，忠正不植。姦佞駢生，能焇殆上相焦，下音枯仁惠，冒蓋聰明。令巧媚得口爲矛戟，令姦凶得心爲甲兵，此皆明迹甚於鬼神，發機有若雷霆。實畏君王已芻於牢圈，實恐君王已暴夫乾枯。君王如何不是念乎？臣恐楚國化爲荒野，臣恐君臣不如犬馬。』臣何惽王於是眄容而慚，撫身而哀，仰爲〔八〕客曰：『君幸憐之，得無戒哉！』『君王〔九〕爲臣化心，心化身，身化〔一〇〕人。嗚呼！遞化之道，在制於内外。外之入也，有視聽言聞；内之出也，有性情嗜欲。出入相應，必有禍福。』臣何惽王聞之，譤居化心，諷誦斯言，終身爲箴。遂罷已成之事，寢未成之謀。廢所賈之官，復所鬻之孤。敢諫者侯，贊謀者誅。」君史言已，王客捧酒爲寵王壽，起而贊曰：「君史説楚，似欲戒梁。敢願君王，示鑒不忘。」

【校記】

〔一〕疑天寶九載（七五〇）作。〔二〕《全唐文》作「於戲」。〔三〕明本原作「列」，此從《全唐文》。〔四〕明本、黄本均無「主」字，此從《全唐文》。〔五〕明本、黄本均無「徧到而」三字，此從《全唐文》。〔六〕明本作「謟」，誤，此從《四部備要》本。〔七〕明本、黄本均作「意」，此從《全唐文》。〔八〕《全唐文》作「謂」。〔九〕《全唐文》無「王」字。〔一〇〕按，諸本「化」下重出「化」字，疑衍，今删之。

元次山集卷第五

心規〔一〕

元子病遊世，歸于商餘山〔二〕中，以酒自肆。有醉歌里夫公聞之，酵音多元子之酒，請歌之。歌曰：「元子樂矣。」俾和者曰：「何樂亦然，何樂亦然？」我曰：「我雲我山，我林我泉。」又曰：「元子樂矣。」俾和者曰：「何樂然爾，何樂然爾？」我曰：「我鼻我目，我口我耳。」歌已矣，夫公曰：「自樂山林可也，自樂耳目何哉？人誰無此？」元子引酒當夫公曰：「勸君此杯酒，緩飲之，聽我説。子行于世間，目不隨人視，耳不隨人聽，口不隨人語，鼻不隨人氣。其甚也，則須封包〔三〕裹塞。不爾，有滅身亡家之禍，傷污毀辱之患生焉。雖王公大人，亦不能自主口鼻耳目，夫公何思之不熟耶？」

【校　記】

〔一〕天寶九載至十二載間作。　〔二〕《全唐文》「山」作「之」。　〔三〕《全唐文》作「苞」。

戲規〔一〕

元子友〔二〕倚于雲丘之顛〔三〕戲牧兒曰：「爾爲牧歌，當不責爾暴。」牧兒歌去，乃暴他田，田主鞭之，啼而〔四〕冤元子。啼不止，召其父而止之。元子友真卿聞之，書過於元子曰：「嗟嗟次山，苟戲小兒，俾陷鞭焉，而蒙冤之。彼牧兒望次山，猶臺〔五〕隸不敢干其主，及苟戲，乃或與次山猶仇讎。斯豈慎德也歟？吾聞君子不苟戲，無似非。如何惑一兒，使不知所以蒙過？此非苟戲似非之非者耶？惡不必易此。」元子報真卿曰：「於戲！吾獨立於空山之上，戲歌牧兒得過，幾不可免。彼行於世上，有愛憎相忌，是非相反，名利相奪，禍福相從，至於有蒙戮辱者，焉得不因苟戲似非，世兒惑之以及者乎？真卿，吾當以戲爲規。」

【校記】

〔一〕天寶九載至十二載間作。〔二〕「友」字疑衍。〔三〕《全唐文》作「巔」，同。〔四〕黄本作「兒」。〔五〕《全唐文》作「儓」，通。

處規〔一〕

州舒吾問元子曰：「吾聞子多矣，意將何爲？」對曰：「雲山幸不求吾是，林泉又不責吾非。熙然能自全，順時而老可矣。復安爲哉？」舒吾曰：「元子其過誤乎？其太矯也。吾厭世人飾言以由道，藏智以全璞，退身以顯行，設機以樹名。吾子由之，使我何信？」元子俛而謝之。滕許大夫友元子，聞不應舒吾之説，乃曰：「嗟嗟元子，少辭者耶？何不曰：『使吾得所處，但如山林不見吾是非，吾將娭音稀而〔二〕往也。』以子爲飾言藏智，退身設機，何不曰：『如此豈不多於盜權竊位，蒙污萬物，富貴始及，而刑禍促之者乎？』」元子謝不及。季川問曰：「兕〔三〕兕，兄之别稱，義載《爾雅》終不復二論，兕有意乎？」於戲季川！吾有言則自是，言達則人非。吾安能使吾身之有是，而令他人之有非，至於聞聞也哉？

【校記】

〔一〕天寶九載至十二載間作。〔二〕明本及黄本均無「而」字，此從《全唐文》。〔三〕明本原作「兟」，此從《全唐文》及黄本，下同。

出規〔一〕

元子門人叔將出遊三年，及還，元子問之曰：「爾去我久矣，何以異乎？」諾曰：「叔將始自山中至〔二〕長安，見權貴之盛，心憤然。切悔比年於空山窮谷，與夫子甘飢寒、愛水木而已。不數月，自王公大夫卿相近臣之門，無不至者。及一年，有向與歡宴，過之可吊；有始賀拜侯，已聞就誅。豈不裂封，疆土未識；豈無印綬，懷之未暖。其客得禄位者隨死，得金玉者皆孥，參遊宴者或刑或免。叔將之身，如犬逃者五六，似鼠藏者八九。當其時，環望天地，如置在杯斗之中。」元子聞之，嘆曰：「叔將汝何思而爲乎？汝若思爲社稷之臣，則非正直不進，非忠讜不言，雖手足斧鉞，口能出聲，猶極忠言，與氣偕絶。汝若思爲禄位之臣，猶當避赫赫之路，晦顯顯之機，如下廐粟馬，齒食而已。汝忽然望權勢而往，自致身於刑禍之方，得筋骨載肉而歸，幸也大矣。二三子以叔將爲戒乎！」

【校　記】

〔一〕天寶九載至十二載間作。　〔二〕《全唐文》作「及」。

惡圓〔一〕

元子家有乳母，爲圓轉之器以悦嬰兒，嬰兒喜之，母使爲之聚孩孺助嬰兒之樂。友人公植者，聞有〔二〕戲兒之器，請見之。及見之，趍焚之，責元子曰：「吾聞古之惡圓之士歌曰：『寧方爲皁，不圓爲卿；寧方爲污辱，不圓爲顯榮。』其甚者，則終身不仰視，曰：『吾惡天圓。』或有喻之以天大無窮，人不能極，遠視四垂，因謂之圓，天不圓也，對曰：『天縱不圓，爲人稱之，我亦惡焉。』次山奈何任造圓轉之器，恣令悦媚嬰兒？少〔三〕喜之，長必好之。教兒學圓〔四〕，且陷不義，躬自戲圓，又失方正。嗟嗟次山！入門愛嬰兒之樂圓，出門當愛小人之趍圓。吾安知次山異日不言圓、行圓、動圓、静圓以終身乎？吾豈次山之友也？」元子召季川謂曰：「吾自嬰兒戲圓，公植尚辱我言絶，忽乎，吾與汝圓以應物，圓以趍時，非圓不預，非圓不爲，公植其操矛戟刑我乎？」

【校記】

〔一〕天寶九載至十二載間作。〔二〕明本及黃本均無「有」字，此從《全唐文》。〔三〕《全唐文》作「小」。〔四〕明本原訛爲「圖」，此從《全唐文》及黃本。

惡曲〔一〕

元子時與鄰里會，曲全當時之歡，以順長老之意。歸泉上，叔盈問曰：「向夫子曲全其歡，道然也，苟爲爾乎？」元子曰：「叔盈視吾曲其心以徇〔二〕財利，曲其行以希名位，當過吾。吾苟全一歡於鄰里，無惡然可也。」東邑有全直之士，聞元子對叔盈，恐曰：「吾聞元次山約其門人曰：『無惡我之小曲。』真惛鄙惡辭也！吾輩全直三十年，未嘗曲氣以轉聲，曲辭以達意，曲步以便往，曲視以回目，猶患於古人，古人有惡曲者，不曲臂以取物，不曲膝以便坐。見天下有曲於君，曲於民，曲於鬼神者，往劫而死之。今元次山苟曲言矣〔三〕，强全一歡，以爲不喪〔四〕其直。噁哉！若能苟曲於鄰里，强全一歡，豈不能苟曲於鄉縣，以全言行？能苟〔五〕曲於鄉縣，豈不能苟曲於邦國，以彰名譽？能苟曲於邦國，豈不能苟曲於天下，以揚德義？若言行名譽德義皆〔六〕顯，豈有鍾鼎不入門，權位不在己乎？嗚呼！曲爲之，小爲大之漸。曲爲之也，有何不可？姦〔七〕邪凶惡其𪗋音由乎？」元子聞之，頌曰：「吾以顔貌曲全一歡，全直君子之惡我如此，猶〔八〕有過於此者，何以自免？」

【校　記】

〔一〕天寶九載至十二載間作。〔二〕明本原訛爲「狥」，此從《全唐文》及黄本。〔三〕《全唐文》「矣」作「貌」。〔四〕《全唐文》作「褏」。〔五〕明本及黄本均作「苟能」，此從《全唐文》。〔六〕《全唐文》作「偕」。〔七〕黄本作「奸」，同。〔八〕《全唐文》作「由」。

水樂説〔一〕

元子於山中尤所耽〔二〕愛者，有水樂。水樂，是南磴之懸水，淙淙然，聞之多久，於耳尤便。不至南磴，即懸庭前之水，取欹曲竇缺之石，高下承之，水聲少似，聽之亦便。銘曰：

烟纔通，寒淙淙。隔山風，老〔三〕鼓鐘〔四〕。

【校記】

〔一〕天寶九載至十二載間作。按，黄本卷十二有《樂銘》一篇，其銘前小序即以《水樂説》充之，銘與此同，疑此篇原題應作「水樂銘」。舊本佚其銘文，故易其題曰「水樂説」耳。黄本題作「樂銘」，疑脱「水」字。而黄本卷十一之《水樂説》，蓋因舊本而存之耳。〔二〕明本原作「躭」，此從黄本。〔三〕黄本作「考」。〔四〕明本無銘文，此據《全唐文》補入。

訂司樂氏〔一〕

或有將元子水樂説於司樂氏。樂官聞之，謂元子曰：「能和分五音，韻諧水聲，可傳之來，請觀學。」元子辭之，使門人以南磴及庭前懸水指之。樂氏醜惡慢駡曰：「韻〔二〕聵多矣，焉有聽而云樂乎？」此言聞元子，元子謝曰：「次山病餘惽固，自順於空山窮谷。偶有懸水淙石，泠〔三〕然便耳。醉甚，或與酒徒戲言，呼爲『水樂』。不防君子過聞而來，實污辱君子之車僕。」樂官去。季川問曰：「向哯〔四〕謝樂官，不亦過甚？」曰：「然。吾爲汝訂之，汝豈不知彼爲司樂之官，老矣。八音教其心，五聲傳其耳，不得異聞，則以爲錯亂紛惑，甚不可聽。况懸水淙石，宫商不能合，律吕不能主，變之不可，會之無由，此全聲也。司樂氏非全士，安得不甚謝之？嗟乎！司樂氏欲以金石之順和，絲竹之流妙，宫商角羽，豐然迭生，以化全士之耳，猶以懸水淙石，激淺注深，清瀛浥〔五〕溶，不變司樂氏之心。嗚呼！天下誰爲全士，能愛夫全聲也？」

【校　記】

〔一〕天寶九載至十二載間作。　〔二〕《四部備要》本作「聾」。　〔三〕明本及黄本均作「冷」，誤，此從《全唐文》。　〔四〕明本原作「尚兟」，《全唐文》作「向先生」，此從黄本。　〔五〕《全唐文》作「浥」。

浪翁觀化并序〔一〕

浪翁，山野浪老也。聞元子亦浪然在山谷，病中能記水石草木蟲豸之化，亦來説常所化，凡四説。

【校　記】

〔一〕天寶九載至十二載間作。

有無相化

浪翁曰：陰陽之氣，化爲四時。四時之行，化爲萬物。萬物形全，是無化有。萬物形盡，是有化無。此有無相化之説。

有化無

浪翁曰：人或云：我立於東，西望萬里，目極則無。人我兩忘，終世相無。此有化無之説〔一〕。

【校　記】

〔一〕《全唐文》末句作「此有無有無相化之説」。

無化有

浪翁曰：人或云：我來於南，北行萬里，至無不有。人我兩求，終世相有。此無化有之説〔一〕。

【校　記】

〔一〕《全唐文》末句作「此無有無有相化之説」。

化相化

浪翁曰：吾觀化於無也，何無不有。吾觀化於有也，何有不無。有無更化，日以相化。化言何極，化言何窮。

時化〔一〕

元子聞浪翁説化，化無窮極，因論諭曰：「翁亦未知時之化也多於此乎？」曰：「時焉何化，我未之記。」元子曰：「於戲！時之化也：道德爲嗜欲化爲險薄，仁義爲貪暴化爲凶亂，禮樂爲耽淫化爲侈靡，政教爲煩急化爲苛酷。翁能記於此乎？時之化也：夫婦爲溺惑〔二〕所化，化爲犬豕；父子爲惛欲所化，化爲禽獸；兄弟爲猜忌所化，化爲讎敵；宗戚爲財利所化，化爲行路；朋友爲世利所化，化爲市兒。翁能記於此乎？時之化也：大臣爲威權所恣，忠信化爲姦〔三〕謀；庶官爲禁忌所拘，公正化爲邪佞；公族爲猜忌所限，賢哲化爲庸愚；人民爲征賦所傷，州里化爲禍邸；姦〔四〕兇爲恩幸所迫，厮皁化爲將相。翁能記於此乎？時之化也：山澤化爲井陌，或曰盡於草木；原野化爲狴犴，或曰殫於鳥獸；江湖化爲鼎鑊，或曰暴於魚鼈；祠廟化爲宮寢，或曰數於祠〔五〕禱。翁能記於此乎？時之化也：情性爲風俗所化，無不作狙狡詐誑之心；聲呼爲風俗所化，無不作諂〔六〕媚僻淫之辭〔七〕；顔容爲風俗所化，無不作姦〔八〕邪蹙促之色。翁能記於此乎？」

【校記】

〔一〕天寶九載至十二載間作。　〔二〕石刻黄本作「愛」。　〔三〕黄本作「奸」。　〔四〕黄本作「奸」。　〔五〕《全唐文》作「祀」。　〔六〕明本及黄本均作「謟」，此從《全唐文》。　〔七〕明本原作「亂」，此從《全唐文》及黄本。　〔八〕黄本作「奸」。

世化〔一〕

浪翁聞元子説時化，嘆曰：「吾昔聞世化可説，又異於此。昔世之化也，天地化爲斧鑕，日月化爲豺虎，山澤化爲州里，草木化爲宗族，風雨化爲邸舍，雪霜化爲衣裘，呻吟化爲常聲，糞污化爲粱〔二〕肉，一息化爲千歲，烏犬化爲君子。」元子惑之。浪翁曰：「子不聞往昔世之化也？四海之内，巷戰門鬭，斷骨腐肉，萬里相藉，天地非斧鑕也耶？人民暗夜盜起求食，晝游則死傷相及，日月非虎豺〔三〕也耶？人民相與寄身命於絶崖深谷之底，始能聲呼動息，山澤非州里也耶？人民奔走，非深林薈叢不能藏蔽，草木非宗族也耶？人民去鄉國，入山海，千里一息，力盡暫休，風雨非邸舍也耶？人民相持於死傷之中，裸露而行，霜雪非衣裘也耶？人民勞苦相冤，瘡痍相痛，老弱孤獨相苦，死亡不能〔四〕相救，呻吟非常聲也耶？人民多飢餓溝瀆，病〔五〕傷道路，糞污非粱〔六〕肉也耶？人民奔亡潛伏，戈矛相拂，前傷後死，免而存者，一息非千歲也耶？僵王〔七〕腐卿，相枕路隅，鳥獸讓其骨肉，烏犬非君子也耶？」

【校　記】

〔一〕天寶九載至十二載間作。　〔二〕明本原訛作「粱」，此從《全唐文》及黄本。　〔三〕《全唐文》作「豺虎」。　〔四〕《全唐文》無「能」字。　〔五〕《全唐文》作「痛」。　〔六〕明本原訛作「粱」，此從《全唐文》及黄本。　〔七〕《全唐文》作「主」。

自述三篇有序〔一〕

天寶庚寅，元子初習静于商餘。人聞之非非曰：「此狂〔二〕者也。」見則茫然。無幾人聞之是是曰：「此學者也。」見則猗然。及三年，人聞之參參曰：「此隱者也。」見則崖然。有惑而問曰：「子其隱乎？」對〔三〕曰：「吾豈隱者邪？愚者也，窮而然爾！」或者不喻，遂爲《述時》《命》以辯之。先曾爲《述居》一篇，因刊而次之，總命曰「自述」。

【校記】

〔一〕天寶十一載（七五二）。〔二〕黄本作「在」，誤。〔三〕《全唐文》無「對」字。

述時

昔隋氏逆天地之道，絶生人之命，使怨痛之聲，滿于四海。四海之内，隋人未老，隋社未安，而隋國已亡。何哉？奢淫、暴虐、昏惑而已。烝人苦之，上訴皇天。皇天有命，於我國家，六葉于兹。高皇至勤，文皇至明，身鑒隋室，不敢滿溢。清儉之深，聽察之至，仁惠之極，泱泱洋洋，爲萬代則。聖皇承之，不言而化，四十餘年，天下太平。禮樂化於戎夷，慈惠及於草木。雖奴隸齒類，亦能誦周公孔父之書，説陶唐虞夏之道。至於歌頌謳吟，婦人童子，皆抒性情，美辭韻，指詠時物，與絲竹諧會，綺羅當稱。况世貴之士，博學君子，其文學聲望，安得不顯聞於當時也哉？故冠冕之士，傾當時大利；軒車之士，富當時大農。由此知官不勝人，逸於司領，使秩次不能損。又休罷以抑之，尚駢肩累趾，授任不暇。予愚愚者，亦當〔一〕預焉。日覺抵塞，厭於無用，乃以因慕古人清和蘊純，周周仲仲，瘱於計反然全真。上全忠孝，下盡仁信，内順元化，外娭太和，足矣。如戚促蚩諸〔二〕稱脂反，封蒙遏滅，暮爲朝貴，心所不喜。亦由金可鎔，不可使爲污〔三〕腐，水可濁，不可使爲塵糞然已〔四〕。鄙語曰：「愚者似直，弱者似仁。」予殆有之，夫復何疑！

【校記】

〔一〕《全唐文》作「嘗」。〔二〕《全唐文》及黄本均作「諸」。〔三〕石刻黄本作「汗」，誤。〔四〕明本、黄本均作「巳」，此從《全唐文》。

述命

元子嘗問命於清惠先生，先生曰：「子欲知命，不如平心，平心不如忘情。」喏如酌反，敬言也曰：「幸先生教之。」先生曰：「夫平心能正是非，忘情能滅有無。子何先焉？」曰：「請先忘情。」先生曰：「子見草木乎〔一〕？子見天地乎？草木無心也，天地無情也，而四時自化，雨露自均，根柢自深，枝幹自茂。如是，天地豈醜授而成哉？草木豈憂求而生哉？人之命也，亦由是矣。若夭若壽，若貴若賤，烏可强哉！不可强也。不可强也〔二〕，不如忘情，忘情當學草木。嗚呼！上皇强化天下，天下化之。養之以道德，道德僞薄，天下亦從而僞薄。嗚呼！

後王急濟天下，天下從之。救之以權宜，權宜侈惡，天下亦從而侈惡。故赴貪徇紛急之風，以至于今，聖賢者兢兢然猶傷命性，愚惑者悤悤然遂忘家國。其由不審不通，醜授憂求而已。子不喻乎？」

【校　記】

〔一〕石刻黄本無「乎」字。〔二〕石刻黄本無下「不可强也」句。

述居〔一〕

天寶庚寅，元子得商餘之山。山東有谷，曰餘中。谷東有山，曰少餘山。谷中有田，可耕藝者三數夫一夫百畝。有泉停浸，可畦稻者數十畝。泉東南合肥溪，溪源在少餘山下。溪流出谷，與濛職隆反水合匯于湍。將成所居，故人李才聞而來會，乃歎曰：「吾未始知夫子之所至焉，今知之矣。吾聞在貧思富，在賤思貴，人之常情也，聖賢所有。然而知貧賤不可苟免，富貴不可苟取，上順時命，乘道御和，下守虚澹，修己推分，稱君子者，始不忝〔二〕乎！乃相與占山泉，闢榛莽，依山腹，近泉源，始爲亭廡，始作堂宇。因而習静，適自保閑。夫人生於世，如行長道，所行有極，而道無窮，奔走不停，夫然何適？予當乘時和，望年豐，耕藝山田，兼備藥石，與兄弟承歡於膝下，與朋友和樂於琴酒。寥然順命，不爲物累，亦自得之分在於此也。」

【校　記】

〔二〕此篇天寶十一載前作。　〔三〕明本、黄本均作「公」，此從《全唐文》。

訂古五篇有序〔一〕

大寶癸巳，元子作《訂古》，訂古前世君臣、父子、兄弟、夫婦、朋友之道。於戲！上古失之，中古亂之，至於近世，有窮極凶〔二〕惡者矣。或曰：「欲如之何？」對曰：「將如之何？吾且聞之訂之，嗟之傷之，泣而恨之而已也。」

【校　記】

〔一〕天寶十二載（七五三）。　〔二〕石刻黄本作「兇」。

第一

吾觀君臣之間，且有猜忌而聞疑懼。其由禪讓革代之道誤也，故後世有劫篡廢放之惡興焉。嗚呼！即有孤弱，將安託哉？即有功業，將安保哉？

第二

吾觀父子之際，且有悲感而聞痛恨。其由聽讒受亂之意惑也，故後世有幽毒囚殺之患起焉。嗚呼！即有深慈，將安興哉？即有至孝，將安訴哉？

第三

吾觀兄弟之中，且有鬬争而聞殘忍。其由分國異家之教薄也，故後世有陰謀誅戮之害生焉。嗚呼！即有友悌，將安用哉？即有恭順，將安全哉？

第四

吾觀夫婦之道，且有寃怨而聞嫌妬。其由耽淫惑亂之情多也，故後世有滅身亡家之禍發焉。嗚呼！即有信義，將安及哉？即有柔順，將安守哉？

第五

吾觀朋友之義，且有邪詐而聞忌患。其由趍勢近利之心甚也，故後世有窮凶極害之刑生焉。嗚呼！即有節分，將安與哉？即有方正，將安容哉？

七不如七篇有序〔一〕

元子常自愧不如孩孺，不如宵寐。又不如病，又不如醉。有思慮，不如静而閑。有喜愛，不如忘其情。及其甚也，不如草木。此意多顯於元子者。或曰：「訂他丁反如是，不如，則不如也，不如如者止於此乎？」元子於是系之於人事，繽以淺反之於此喻，始爲《七不如》。不如之義始極也。

【校記】

〔一〕天寶十二載前後習静商餘時作。

第一

元子以爲人之毒也，毒於鄉，毒於國，毒於鳥獸，毒於草木，不如毒其形，毒其命，毒其姻戚，毒其家族者爾。於戲，毒可頌也乎哉！毒有甚焉何如？

第二

元子以爲人之媚也，媚於時，媚於君，媚於朋友，媚於鄉縣，不如媚於㕓，媚於室，媚於市肆，媚於道路者爾。於戲，媚可頌也乎哉！媚有甚焉何如？

第三

元子以爲人之詐也，詐於忠，詐於信，詐於仁義，詐於正直，不如詐於愚，詐於弱，詐於貧賤，詐於退讓者爾。於戲，詐可頌也乎哉！詐有甚焉何如？

第四

元子以爲人之惑也，惑於邪，惑於佞，惑於奸惡，惑於兇暴，不如惑於狂，惑於誕，惑於翫弄，惑於諧戲者爾。於戲，惑可頌也乎哉！惑有甚焉何如？

第五

元子以爲人之貪也，貪於權，貪於位，貪於取求，貪於聚積，不如貪於德，貪於道，貪於閑和，貪於静順者爾。於戲，貪可頌也乎哉！貪有甚焉何如？

第六

元子以爲人之溺也，溺於聲，溺於色，溺於圓曲，溺於妖妄，不如溺於仁，溺於讓，溺於方直，溺於忠信者爾。於戲，溺可頌也乎哉！溺有甚焉何如？

第七

元子以爲人之忍也，忍於毒，忍於媚，忍於詐惑，忍於貪溺，不如忍於貧，忍於苦，忍於棄污，忍於病廢者爾。於戲，忍可頌也乎哉！忍有甚焉何如？

自箴〔一〕

有時士教元子顯身之道曰：「于時不争，無以顯榮。與世不佞，終身自病。君欲求權，須曲須圓。君欲求位，須奸須媚。不能此爲，窮賤勿辭。」元子對曰：「不能此爲，乃吾之心。反君此〔二〕言，我作〔三〕自箴。與時仁讓，人不汝上。處世清介，人不汝〔四〕害。汝若全德，必忠必直。汝若全行，必方必正。終身如此，可謂君子。」

【校　記】

〔一〕天寶十二載前後習静商餘時作。　〔二〕《全唐文》作「之」。　〔三〕《全唐文》作「作我」。　〔四〕《全唐文》作「與」。

元次山集卷第六

元魯縣墓表〔一〕

天寶十三年，元子從兄前魯縣大夫德秀卒。元子哭之哀。門人叔盈問曰：「夫子哭從兄也哀，不亦過乎禮與〔二〕？」對曰：「汝知禮之過，而不知情之至。」叔盈退謂其徒曰：「夫子之哭元大夫也，兼師友之分，亦過矣。」元子聞之，召叔盈謂曰：「吾誠哀過汝所云也。元大夫弱無所固，壯無所專，老無所存，死無所餘，此非人情。人情所耽溺喜愛似可惡者，大夫無之。如戒如懼，如憎如惡，此其無情，此非有心。士君子知焉？不知也。吾今之哀，汝知之焉？而不知也。嗚呼！元大夫生六十餘年而卒，未嘗識婦人而視錦繡。不頌之，何以戒荒淫侈靡之徒也哉？未嘗求足而言利，苟辭而便色。不頌之，何以戒貪猥佞媚之徒也哉？未嘗主十畝之地，十尺之舍，十歲之童。不頌之，何以戒占田千夫，室宇千柱，家童百指之徒也哉？未嘗皂〔三〕布帛而衣，具五味而食。不頌之，何以戒綺紈粱〔四〕肉之徒也哉？於戲！吾以元大夫德行遺來世，清獨君子，方直之士也歟！」

【校記】

〔一〕天寶十三載(七五四)。　〔二〕黄本作「歟」,通。　〔三〕黄本作「皁」。　〔四〕明本原訛作「梁」,此從《全唐文》及黄本。

送張玄〔一〕武序〔二〕

乙未中,詔吴興張公爲玄〔三〕武縣大夫。公舊友河東柳潛夫裴季安、扶風竇伯明、趙郡李長源、河南元次山,將辭讌言,悉以言贈。上有勸仁惠恤勞苦之風,下有惜離異戒行役之諭〔四〕。元子聞之,中有所指。國家將日極太寧,垂休八荒,故自近年,兵出滇外。訂者或曰:「西南少疲,是以天子特有命也。」將天之命,斯未易然。於戲!蜀之遺民,化於秦漢。純古之道,其由未知,無置此焉,姑取廢也。如德以涵灌,義以封植,其教遲遠,其人迎喁,至乎不可,固未必也。則曰:「保仁以敦養,流惠以懷恤。知其所勞,示其所安,無以醜之,當可然也。」潛夫聞之,中興不樂,歎曰:「吾嘗與朋友有四方之異,不甚感人。如今之心,多問其故。」對曰:「嗟嗟,子能有是言也!吾故感焉,行有規矣。多無曰我四十於此,無曰我時禄位下哉。」公乃復曰:「當不失於二公之意,爲異年覿會之方也已。敢戒行役,敢自清慎,終不貽朋友之憂何如?」於是醉歌中堂,極樂而已。諸公有贈,遞相編次。

【校　記】

〔一〕《全唐文》作「元」，此從黄本。〔二〕天寶十四載（七五五）。明本無此篇。〔三〕《全唐文》作「元」。〔四〕《全唐文》作「論」，此從黄本。

虎蛇頌有序〔一〕

猗玗子逃亂在硙英及反，南人云：「猗玗洞中，是王〔二〕虎之宫。中硙之陰，是均蛇之林。居之三月，始知王虎如古君子，始知均蛇如古賢士。」然哉！猗玗子奪其宫，王虎去而不回；猗玗子侵其林，均蛇去而不歸。借順惠讓，可作頌矣。

【校　記】

〔一〕天寶十五載（即至德元載，七五六）。〔二〕《全唐文》注云：「一作三。」下同。

虎頌

猗，王虎。將何與方？方古太〔一〕王。非不方于今，今也惠讓不如王虎之心。

【校　記】

〔一〕明本原作「大」，此從《全唐文》及黄本。

蛇頌

猗，均蛇。將何與儔？儔古延州。非不儔于時，時也順讓不如均蛇之爲。

異泉銘并序〔一〕

天寶十三年，春至夏甚旱，秋至冬積雨。西塞西南有迴山，山顛是秋崩拆〔二〕。有穴出泉，泉垂流三四百仞，浮江中可望。於戲！陰陽旱雨，時異；以至柔破至堅，事異；以至下處至高，理異。故命斯泉曰「異泉」，銘于泉上。其意豈獨旌異而已乎？銘曰：何故作銘？銘于異泉，爲其當不可闕，拆〔三〕石出焉。何用作銘？銘于異泉，爲其當不可下，窮高流焉。君子之德，顯與晦殊。爲此銘者，忘道也歟？

【校　記】

〔一〕疑天寶十五載（即至德元載）作。〔二〕明本原作「拆」，黄本作「折」，此從《全唐文》。〔三〕明本、黄本均作「拆」，此從《全唐文》。

爲董江夏自陳表〔一〕

臣某言：月日，敕使某官某乙至，賜臣制書，示臣云云〔二〕。伏〔三〕見詔旨，感深驚懼。臣豈草木，不知天心？頃者潼關失守，皇輿不安，四方之人，無所繫命。及永王承制，出鎮荆南，婦人童子，忻奉王教。意其然者，人未離心。臣謂此時可奮臣節。王初見臣，謂臣可任，遂授臣江夏郡太守。近日王以寇盜侵逼，總兵東下，旁牒郡縣，皆言巡撫。今諸道節度以爲王不奉詔，兵臨郡縣，疑王之議，聞於朝廷。臣則王所授官，有兵防禦，鄰郡並〔四〕邑，疑臣順王，旬日之間，致身無地。臣本受〔五〕王之命，爲王奉詔。王所授臣之官，爲臣許國，忠正之分，臣實未虧。蒼黄之中，死幾無所，不圖今日得達聖聽〔六〕。今臣〔七〕年〔八〕六十，老母在堂。縱未能奉義捐生，則豈忍兩忘忠孝？臣少以文學爲諸生所多，中年自頤，逸在山澤。聖明無事，甘爲外臣。無何以鄙僻之故，反〔九〕爲人知，遂污官次，以至今日。臣又頃年貶謫，罪未昭洗。今所授官，復〔一〇〕越班秩。罷歸待罪，是臣之分。今陛下以王室艱難，寄臣方面，亦〔一一〕已〔一二〕忘身許國，誓於皇天。伏惟陛下念臣懇至，謹因敕使〔一三〕某官奉表以聞。臣某云云謹言〔一四〕。

【校記】

〔一〕至德元載末或至德二載初（七五六或七五七）作。〔二〕《全唐文》「云」下有「者」字。〔三〕《全唐文》「伏」上有「臣」字。〔四〕黄本作「竝」，同。〔五〕黄本作「授」，誤。〔六〕《全唐文》作「聰」。〔七〕《全唐文》作「臣今」。〔八〕《全唐文》「年」下有「將」字。〔九〕《全唐文》作「返」。〔一〇〕《全唐文》「復」下有「超」字。〔一一〕《全唐文》「亦」上有「臣」字。〔一二〕《全唐文》及黄本均作「以」。〔一三〕《全唐文》「使」下有「臣」字。〔一四〕《全唐文》無「臣某云云謹言」諸字。

管仲論〔一〕

自兵興已來，今三年。論者多云，得如管仲者一人，以輔人主，當見天下太平矣。元子異之，曰：「嗚呼，何是言之誤耶！彼管仲者，人耳。止〔二〕可與議私家畜養之計，止〔三〕可以修鄉里畎澮之事。如此，仲當少容與焉〔四〕。至如相諸侯，材量亦〔五〕似不足。致齊及霸，材量極矣。使仲見帝王之道，識〔六〕興國之禮，則天子之國不衰，諸侯之國不盛。如曰不然，請有所説。仲之相齊，及齊彊〔七〕富，則合請其君恢復王室，節正諸侯。君若惑之，則引禍福以喻之如約諸侯之説。君既聽矣，然後約諸侯曰：今王室將卑，諸侯更彊〔八〕。文王風化，殘削向盡。武王疆域，割奪無幾。禮樂不知其由〔九〕，征伐何因而出。我是故謹疆域，勉日夜，望振兵威，可臨列國，得與諸侯會盟。一旦能新復天子之正朔，更定天子之封畿，上奉天子復先王之風化，下令諸侯復先公之制度，以爲何如？若皆不從，我則以兵臨於魯，魯不敢不從。魯從〔一〇〕，則與魯西臨宋鄭；宋鄭從，則與三國北臨燕衛；燕衛從，則與諸國西臨秦晉；秦晉從，則與七國以尺簡約吴楚；吴楚從，則天下無不從之國，然後定約。若有果不從者，則約從者曰：吾屬以禮義尊天子，以法度正諸侯，使小國不常患弱，大國不敢怙彊〔一一〕，此誠長世之策。若天子國亡，則諸侯交争，兵戈相臨。誰爲彊者〔一二〕，則安得世世禮讓相服，宗廟血食。我是故力勸諸侯尊天子。今謀〔一三〕國猶豫，宜往問之。若〔一四〕不從約，則與諸侯率兵伐之，分其疆土，遷其子孫，留百里之地，奉其宗社。下爲諸侯廣子孫之業，上爲天子除不順之臣，何如？如此，則諸侯誰敢不從？然後定天子封畿，諸侯疆域，輿服器玩，禮樂法度，征賦貢輸，自齊魯節正。節正既〔一五〕定，乃共盟曰：有貳約者，當請命天子，廢其驕凶，以立恭順；廢其荒惑，以立明哲。敢不聽者，伐而分之，如初約制定。於是諸侯先各造邸於天子之都，諸侯乃相率朝覲，已而從天子齋戒，拜宗廟。禮畢，天子誓曰：於戲，王室之卑久矣！予不敢望皇天后土之所覆載，將旦暮皁隸於諸侯。不可，則願全肌骨，下見先王。今諸侯不忘先王之大德，不忘先公之忠烈，共力正王室，俾予主先王宗祀。予若昏荒淫虐，不納諫諍，失先王法度，上不能奉宗祀，下不能安人民，爾諸侯當理爾軍卒，修爾矛戟，約爾列國，罪予凶惡，嗣立明辟。予若能日勉孱弱，力遵先王法度，上奉宗祀，下安人民，爾諸侯當保爾疆域，安爾人民，修爾貢賦，共予郊祀。予有此誓，豈云及予？將及來世，予敢以此誓誓於宗廟，予敢以此誓誓於天地。諸侯聞天子之誓，相率盟曰：天子有誓，俾我諸侯世世得力扶王室，使先王先公德業永長，諸侯其各銘天子之誓，傳之後嗣。我諸侯重自約曰：諸侯有昏惑，當如前盟。若天子昏惑不嗣，虐亂天下，諸侯當力共規諷諫諍。如甚不可，則我諸侯共率禮兵，及王之畿，復諫諍如初。又甚不可，進禮兵及王之郊。終不可，進禮兵及王之宫。兵及王之宫矣，當以宗廟之憂咨之，當以人民之怨咨之，當以天子昔誓咨之，當以諸侯昔盟咨之。以不敢欺先王先公告之，以不敢欺皇天后土告之。然後如天子昔誓，如諸侯昔盟。使管仲能如此，則周之天子，未爲奴矣。諸侯之國，則未亡矣。秦於天下，未至是矣。如曰仲才及也，君不從也。仲智及也，時不可也。則仲曾是謀也乎？君不從之也歟！仲曾是爲也乎？時之不可也歟！況今日之〔一六〕兵，不可以禮義節制〔一七〕，不可以盟誓禁止，如仲之輩，欲何爲矣！」《文粹》「矣」作「乎」。

【校　記】

〔一〕至德二載（七五七）。　〔二〕黄本作「正」。　〔三〕黄本作「正」。　〔四〕「仲當少容與焉」句，

《全唐文》作「仲可當焉」。〔五〕《全唐文》作「已」。〔六〕明本、黄本均無「識」字，此從《全唐文》。〔七〕明本及石刻黄本訛作「疆」，此從《全唐文》。〔八〕明本原訛作「疆」，此從《全唐文》。〔九〕《全唐文》訛作「田」。〔一〇〕明本及黄本均無「魯從」二字，此從《全唐文》。〔一一〕明本及石刻黄本訛作「疆」，此從《全唐文》。〔一二〕明本、黄本均作「弱」，此從《全唐文》。〔一三〕《全唐文》作「某」。〔一四〕明本、黄本均作「君」，此從《全唐文》。〔一五〕明本、黄本均訛爲「即」，此從《全唐文》。〔一六〕黄本無「之」字。〔一七〕黄本「制」下有「之」字。

瀼溪銘有序〔一〕

乾元戊戌，浪生元結始浪家瀼如恙反溪之濱。瀼溪，蓋溢水分稱。瀼水夏瀼江海，則百里爲瀼湖，二十里爲瀼溪。瀼溪，浪士愛之，銘之其濱。於戲！古人喜尚君子，不見君子，見如似者亦稱頌之。瀼溪，可謂讓矣。讓，君子之道也。稱頌如此，可遺瀼溪。若天下有如似讓者，吾豈先瀼溪而稱頌者乎？銘曰：

瀼溪之瀾，誰取盥焉？瀼溪之漪，誰取飲之？盥實可矣，飲豈難矣。得不慚其心，不如此水。浪士作銘，將戒何人？欲不讓者，慚遊瀼濱。

【校記】

〔一〕乾元元年（七五八）。

與韋尚書書乾元二年，韋陟爲禮部尚書、東都留守〔一〕

某月日，前進士元結頓首。尚書公閣下，結每聞賢卿大夫能以至公之道推引君子，使名聲德業，相繼稱顯，則思見之。若不以至公之道推引士〔二〕君子，使禍惡凶辱，同日更受，則不思見之。結所以年〔三〕四十，足不入於公卿之門，身不齒於利禄之士，豈忘榮顯，蓋懼污辱。昨者有詔，使結得詣京師。至汝上，逢山龜亦承詔詣京師，結與山龜俱得乘郵而來。郵長待結，頗如龜者。前日謁見尚書，俯拜階下，本望齒乘郵與諸龜。結待命而退，不望尚書不以結齒之於龜，以士君子見禮，問及詞賦，許且休息。此結之幸，豈結望尚書之意？古人所以愛經術之士，重山野之客，採輿童之誦者，蓋爲其能明古以論今，方正而不諱，悉人之下情。結雖昧於經術，然自山野而來，能悉下情。尚書與國休戚，能無問乎？事有在尚書力及，能不行乎？結頓首。

【校記】

〔一〕按，乾元二年是七五九年。〔二〕《全唐文》無「士」字。〔三〕黄本「年」下有「及」字。

時議三篇有表〔一〕

臣某言：臣自以昏庸無堪，逸浪江海。陛下忽降公詔，遠徵愚臣。陛下豈不以凶逆未除，盜賊屢起，百姓勞苦，力用不足，將社稷大計與天下圖之者乎？荒野賤臣，始見軒陛。又拘限忌諱，不能悉下情以上聞，則陛下又安用煩勞車乘，招禮賢異。臣實不能當君子之羞，受小人之辱，故編輿皁之説爲三篇，名曰「時議」，敢以上聞，抵冒天威，謹伏待罪。臣結頓首謹上。乾元二年九月日，前進士元結表上。

【校記】

〔一〕乾元二年（七五九）九月。

時議上篇

時之議者或相問曰：「往年逆亂之兵，東窮江海，南極淮漢，西抵秦塞，北盡幽都。今〔二〕趙衛之疆，悉爲盜有。凶勇之徒在四方者，幾百餘萬。如屯守二京，從衛魁帥者不計。當時之兵，可謂强矣。當時人心，已不固矣。天子獨以數騎，僅至靈武，引聚餘弱，憑陵强寇。頓軍岐陽，師及渭西，曾不踰時，竟〔二〕摧堅鋭。復兩京，逃降逆類，悉收河南州縣。今河北隴陰，姦〔三〕逆尚餘；今山谷江湖，稍多亡命；今所在盗賊，屢犯州縣；今天下百姓，咸轉流亡；今臨敵將士，多喜奔散；今賢士君子，不求任使。天子往在靈武，至于鳳翔，無今日兵革，而能勝敵；無今日禁制，而無亡命；無今日威令，而盗賊不起；無今日財用，而百姓不亡；無今日封賞，而將士不散；無今日朝廷，而人思任使。何哉？豈天子能以弱制强，不能以强制弱？豈天子能以危求安，而忍以未安忘危？」時之議者或相對曰：「此非難言，甚易言矣。天子往年悲恨陵廟爲凶逆傷污，怨憤上皇忽南幸巴蜀，哀傷宗戚多見誅害，驚惶聖躬動息無所。是以勤勞不辭，親撫士卒；與人權位，信而不疑；渴聞忠直，過則喜改。如此，所以能以弱制强，以危求安。今天子重城深宫，燕私〔四〕而居。冕旒清晨，纓佩而朝；太官具味，當時而食；太常脩樂，和聲而聽；軍國機務，參詳而進；萬姓疾苦，時或不聞，而厩有良馬，宫有美女；輿服禮物，日月以備；休符佳瑞，相繼而有。朝廷歌頌盛德大業，四方貢賦，尤異品物。公族姻戚，喜荷〔五〕帝恩；諧臣戲官，怡愉天顔。而文武大臣至於公卿庶官，皆權位爵賞，名實之外，自〔六〕已過望。此所以不能以强制弱，忍以未安忘危。若天子能視今日之安如靈武之危，事無大小，皆若靈武，何寇盗强弱可言？當天下日無事矣。」

【校 記】

〔一〕《全唐文》作「令」。 〔二〕《全唐文》「竟」下有「能」字。 〔三〕黄本作「奸」。 〔四〕明本及黄本「燕私」均作「謙和」，此從《全唐文》。 〔五〕黄本作「符」，誤。 〔六〕《全唐文》作「似」。

時議〔一〕中篇

時之議者或相謂曰：「吾聞道路云云，説士人共自謀曰：『昔我奉天子，拒凶逆，勝敵則家國兩全〔二〕，不勝則家國兩亡。所以生死決戰，是非極諫。今吾屬名位已重，財貨已足，爵賞〔三〕已厚，勤勞已極。天下若安，吾何苦哉？天下若不安，吾屬外無仇讎相害，内無窮賤相迫，何苦更當鋒刃以近死乎？何苦更忤人主以近禍乎？』又聞之〔四〕曰：『嗚呼！吾州里有忠義之者，仁信之者，方直之者。今或有病父老母，孤兒寡婦，如身能存者，皆〔五〕力役乞丐，凍餒不足，况於〔六〕死者父母妻子，人誰哀之？』又聞曰：『今天下殘破，蒼生危急，受賦役者多寡弱貧獨，流亡死生，悲憂道路，蓋〔七〕亦極矣。天下若安，我等豈無隴畝以自處？若不安，我等不復以忠義、仁信、方直死矣。縱有盜〔八〕於我者，安則隨之。』人且如此，其然何故？」時之議者相對曰：「今國家非欲其然，蓋失於太明太信而然耳。夫太明則見其内情。將藏内情，則罔惑生焉。罔上惑下，能令必信。信可必矣，故太信焉。太信之中，至姦元惡，卓然而存。如此，使朝廷遂亡公直，天下遂失忠信，蒼生遂益冤怨。如公直亡矣，忠信失矣，冤怨生矣，豈天子大臣之所喜乎？將欲理之，能無端由〔九〕？吾屬議於野者，又何所及！」

【校記】

〔一〕明本原誤作「論」，此從《全唐文》及黄本。〔二〕《全唐文》作「存」。〔三〕石刻黄本作「禄」。〔四〕《全唐文》無「之」字。〔五〕明本原無「皆」字，此從《全唐文》。〔六〕黄本作「如」。〔七〕明本原無「蓋」字，此從《全唐文》。〔八〕明本、黄本均作「益」，此從《全唐文》。〔九〕明本及黄本均訛作「内」，此從《全唐文》。

時議下篇

時之議者或相問曰：「今天子思安蒼生，思滅姦〔一〕逆，思致太平。方力圖之，非不勤勞。於今四年，而説者異之。何哉？」時之議者或相對曰：「如天子所思，如説者所異，天子大臣，非不知之，凡有制詔，皆嘗言及，言雖慇懃〔二〕，事皆不行，前後再三，頗類諧戲。今或有仁恤之詔，憂勤之誥，人皆族立黨語，指而議之，其由何哉？以言而不行之故也。天子不知其然，以爲言雖不行，足堪沮勸。嗚呼！沮勸之道，在〔三〕明審均當而必行也。必不行矣，有言何爲？自太古已來，致理興〔四〕化，未有言之不行而能至矣。若天子能追行已言之令，必行將來之法，且免天下無端雜徭，且除天下隨时弊法，且去天下拘忌煩令，必任天下賢異君子，屏斥天下姦〔五〕邪小人，然後推仁信威令，與之不惑，此帝王常道，何爲不及？」

【校　記】

〔一〕黄本作「奸」。　〔二〕黄本作「殷勤」，同。　〔三〕黄本訛爲「任」。　〔四〕黄本作「與」，誤。　〔五〕黄本作「奸」。

時規〔一〕

乾元己亥，漫叟待詔在長安。時中行公掌制在中書，中書有醇酒，時得一醉。醉中，叟誕曰：「願窮天下鳥獸蟲魚以充殺者之心，願窮天下醇酎美色以充欲者之心。」中行公聞之歎曰：「子何思不盡耶？何不曰願得如九州之地者億萬，分封君臣、父子、兄弟之争國者，使人民免賊虐殘酷者乎？何不曰：願得布帛、錢貨、珍寶之物，溢於王者府藏，滿將相權勢之家，使人民免饑寒勞苦者乎？」叟聞公言，退而記〔二〕之，授於學者，用爲時規。

【校記】

〔一〕乾元二年（七五九）。　〔二〕《全唐文》作「書」。

與李相公書 乾元二年，李揆爲中書侍郎平章事〔一〕

月日，新授右金吾兵曹參軍攝監察御史元結頓首。相公執事，某性愚弱，本不敢干時求進。十餘年間，在山野，過爲知己，猥見稱譽，辱在鄉選，名污上第。退而知耻，更自委順，亦數年矣。中逢喪亂，奔走江海，當死復生，見有今日。林壑不保，敢思禄位！忽枉公詔，命詣京師，州縣發遣，不得辭避。三四千里，煩勞公車，始命蹈舞帝庭，即日辭命擔囊，乞丐復歸海濱。今則過次授官，又令將命。謀人軍者，誰曰易乎！相公見某，但禮文拜揖之外，無所問焉。忽然狂妄男子，不稱任使，坐招敗辱，相公如何？某所以盡所知見，聞於左右，不審相公以爲可否。如曰不可，合正典刑，欺上誷〔二〕下，是某之罪。謹奉詔書及章服，待命屏外。某頓首。

【校記】

〔一〕按，乾元二年是七五九年。　〔二〕明本及黄本均作「罔」，此從《全唐文》。

元次山集卷第七

哀丘表〔一〕

乾元庚子，元子理兵于有泌之南。泌南，至德丁酉爲陷邑，乾元己亥爲境上。殺傷勞苦，言可極耶！街郭亂骨如古屠肆，於是收而藏之，命曰「哀丘」。或曰：「次山之命哀丘也，哀生人將盡而亂骨不藏者乎？哀壯勇已死而名迹不顯者乎？」對曰：「非也。吾哀凡人不能絶貪争毒亂之心，守正和仁讓之分，至令〔二〕吾有哀丘之怨歟。」

【校　記】

〔一〕乾元三年（即上元元年，七六〇）。　〔二〕明本原作「今」，此從黄本。

請省官狀乾元三年上來大夫唐鄧等州縣官

右方城縣舊萬餘户，今二百户已下。其南陽向城等縣，更破碎於方城，每縣正員官及攝官共有六十人。

以前件如前。自經逆亂，州縣殘破。唐鄧兩州，實爲尤甚。荒草千里，是其疆畎；萬室空虚，是其井邑；亂骨相枕，是其百姓；孤老寡弱，是其遺人。哀而恤之，尚恐冤怨，肆其侵暴，實恐流亡。今賊寇憑凌，鎮兵資其給養；今河路阻絶，郵驛在其供承。若不觸事救之，無以勞勉其苦。爲之計者，在先省官。其方城湖陽等縣正官及攝官并户口多少，具狀如前。每縣伏望量留，令并佐官一人，餘並望勒停。謹録狀上。

篋中集序〔一〕

元結作《篋中集》，或問曰：公所集之詩，何以訂之？對曰：風雅不興，幾及千歲，溺於時者，世無人哉？嗚呼！有名位不顯，年壽不終〔二〕，獨無知音，不見稱頌〔三〕，死而已矣，誰云無之？近世作者，更相沿襲，拘限聲病，喜尚形似；且以流易爲辭，不知喪於雅正。然哉！彼則指詠時物，會諧絲竹，與歌兒舞女生污〔四〕惑之聲於私室可矣。若令方直之士，大雅君子，聽而誦之，則未見其可矣〔五〕。吴興沈千運〔六〕獨挺於流俗之中，强攘於已溺之後，窮老不惑，五十餘年。凡所爲文，皆與時異。故朋友後生，稍見師效，能似類者有五六人。於戲！自沈公及二三子，皆以正直而無禄位，皆以忠信而久貧賤，皆以仁讓而至喪亡。異於是者，顯榮當世。誰爲辯士，吾欲問之。兵興於今六歲〔七〕，人皆務武，斯焉誰嗣？已長逝者遺文散失，方祖師〔八〕者不見近作，盡篋中所有，總編次之，命曰「篋中集」。且欲傳之親故，冀其不忘。於今凡七人，詩二十二首。時乾元三年也。

【校記】

〔一〕乾元三年（即上元元年，七六〇）。〔二〕明本及黄本均作「將」，此從《全唐文》。〔三〕明本及黄本均作「顯」，此從《全唐文》。〔四〕黄本作「活」，非。〔五〕明本及黄本無「矣」字，此從《全唐文》。〔六〕明本原作「于」，黄本「千運」作「子還」，皆誤，此從《全唐文》。〔七〕黄本此句作「天下兵興，於今六歲」。〔八〕《全唐文》及黄本「祖師」均作「阻絶」。

請給將士父母糧狀 上元元年上來大夫

當軍將二千人，父隨子者四人，母隨子者二十八人。以前件如前。將士父母等皆因喪亂，不知所歸。在於軍中，爲日亦久。夫孝而仁者，可與言忠信，而忠信者可以全義勇。豈有責其忠信，使之義勇，而不勸之孝慈，恤以仁惠？今軍中有父母者，皆共分衣食，先其父母。寒餒日甚，未嘗有辭。其將士父母等伏望各量事給其衣食，則義有所存，恩有所及，俾人感勸，實在於此。謹録狀上。

請收養孤弱狀上元元年上來大夫

當軍孤弱小兒都七十六人張季秀等三十九人，無父母。周國良等三十七人，有父兄在軍。以前件狀如前。小兒等無父母者，鄉國淪陷，親戚俱亡，誰家可歸，傭丐未得。有父兄者，其父兄自經艱難，久從征戍，多以忠義，遭逢誅賊。有遺孤弱子，不忍棄之，力相恤養，以至今日。乞令諸將有孤兒投軍者，許收驅使。有孤弱子弟者，許令存養。當軍小兒，先取回殘及回易雜利給養。謹録狀上。

辭監察御史表上元元年進〔一〕

臣某言：臣伏奉某月日敕，除臣監察御史裏行，依前充山南東道節度參謀。忽承天澤，不勝慶喜。負荷恩任，伏增憂懼。臣在至德元年，舉家逃難，生幾於死，出自賊庭，遠如海濱，敢望冠冕？陛下過聽，疑臣有才謀可用，謂臣以忠正可嘉，枉以公詔，徵臣延問當時之事。言未可取，榮寵已殊。事未可行，授任過次。其時以康元狡逆，陛下憂勞，臣亦不辭疲駑，奉宣聖旨，招集士卒。師旅未成，又逢張瑾姦〔二〕凶，再驚江漢。臣恐陛下憂〔三〕無制變，遂曾表請用兵。陛下嘉臣懇愚，頻降恩詔，聖私殊甚，特加超擢。至今臣自布衣，未踰數月，官忝風憲，任兼戎旅。今不勞兵革，凶竪伏辜，臣不可終以無能，苟安非望。自姦〔四〕臣逆命，於今六年，愧無才〔五〕能，苟求禄位。分符佩印，不知慚羞。戮辱及之，死將不悔。陛下忍而從者，其可勝言。臣才弱識下，非智無謀，循涯顧分，實自知耻。臣老母多病，又無弟兄，漂流殊鄉，孤弱相養。伏願陛下矜臣愚鈍，不合齒於朝列。念臣老母，令臣得以奉養。則聖朝無辱官之士，山澤有純孝之臣。不任悃款之至。謹遣某官奉表陳請以聞。臣云云謹言〔六〕。

【校記】

〔一〕按，是七六〇年。〔二〕黄本作「奸」。〔三〕黄本作「愛」。〔四〕黄本作「奸」。〔五〕《全唐文》及黄本均作「寸」。〔六〕《全唐文》末句作「謹遣某官奉表以聞。謹言」。

與韋洪州書 上元二年，韋□爲洪州刺史、江西觀察使〔一〕

某月日，荆南節度判官水部員外郎兼殿中侍御史元結頓首。某聞古之賢達居權位也，令當世頌其德，後世師其行。何以言之？在分君子小人，察視邪正，使無冤濫而無憤痛耳。某不能遠取古人，請以端公賢公中丞爲喻。前者獲接端公餘論，某嘗議及中丞。某以爲賞中丞之功未當〔二〕，論中丞之冤至濫。端公不知，情至泣涕交流，豈不爲有冤濫未申而生此憤痛？某於端公，頗爲親故，官又差肩，曾不垂問，便即責使。冤濫者豈獨中丞而已乎？憤痛者豈獨端公而已乎？所以至遣使者，試以自明。端公前牒則請不交兵，端公後牒則請速交兵。如此，豈端公自察辨誤耶？有小人惑亂端公耶？端公又云：「荆南將士侵暴。」端公豈能保荆南將士必侵暴乎？豈能保淮西將士必不侵暴乎？端公少垂察問，某又聞泗上鄰家之事，請〔三〕説以自喻。昔泗上有鄰家，有朋友，遊者鬥之。遊東家，則曰公之友賢，能益主人；西家之友愚，能損主人。遊西家，則曰公之友智，能譽主人；東家之友狡，能毁主人。見其友，亦如鬥主人之論。於是鄰家之友相惡，將相害；鄰家之翁怒，將相絶。里有正信之士爲辯之，然後鄰家通歡，鄰友相善。荆南與江西，猶鄰家也，某其友乎？遊者方相鬥，誰爲正信之士，一爲辯〔四〕之？某敢以此書獻端公閣下。

【校　記】

〔一〕按，上元二年是七六一年。　〔二〕黄本作「嘗」，誤。　〔三〕黄本作「謂」，誤。　〔四〕《全唐文》作「辨」。

別韓方源序〔一〕

昔元次山與韓方源别于商餘，約不終歲，復相見於此山。忽八年，於今始獲〔二〕相見。悲歡之至，言可極耶！次山與方源昔年俱順〔三〕於山谷，有終焉之意。今方源得如其心，次山污其冠冕。次山一顧方源，再三慚羞。時復飲酒，求其安家〔四〕。今方源欲安家肥陽，次山方理兵九江。相醉相辭，不必如昔年之約。此情豈易然者耶？乙未之前，次山有《元子》；乙未之後，次山有《猗玗子》；戊戌中，次山有《浪説》。悉贈方源，庶方源見次山之意。

【校記】

〔一〕上元二年（七六一）。〔二〕《全唐文》作「復」。〔三〕《全唐文》作「頤」。〔四〕《全唐文》作「我」。

左黄州表〔一〕

乾元己亥，贊善大夫左振出爲黄州刺史。下車，黄人歌曰：「我欲逃鄉里，我欲去墳墓。左公今既來，誰忍棄之去？」於戲！天下兵興，今七年矣。河淮〔二〕之北，千里荒草。自關已東，海濱之南，屯兵百萬。不勝征税，豈獨黄人？能使其人忍不去者，誰曰不可頌乎？後一歲，黄人又歌曰：「吾鄉有鬼巫，惑人人不知。天子正尊信，左公能殺之。」於戲！近年以來，以陰陽變怪，將鬼神之道，罔上惑下，得尊重於當時者，日見斯〔三〕人。黄之巫女，亦以妖妄得蒙恩澤，朝廷不敢〔四〕問，州縣惟其意。公忿而殺之，則彼可誅戮，豈獨巫女？如左公者，誰曰不可頌乎？居三年，遷侍御史〔五〕，判金州刺史。將去黄〔六〕，黄人多去思，故爲黄人作表。如左氏世系，左公歷官，及黄之門生故吏與女巫事，則南陽左公能悉記之。

【校　記】

〔一〕上元二年（七六一）。〔二〕《全唐文》作「淮河」。〔三〕明本原作「欺」，此從《全唐文》及黄本。〔四〕《全唐文》無「敢」字。〔五〕「居三年，遷侍御史」句，《全唐文》作「三拜遷侍御史」。〔六〕《全唐文》無「黄」字。

大唐中興頌并序〔一〕

天寶十四載，安禄山陷洛陽。明年，陷長安，天子幸蜀，太子即位於靈武。明年，皇帝移軍鳳翔。其年復兩京，上皇還京師。於戲！前代帝王有盛德大業者，必見于歌頌。若今歌頌大業，刻之金石，非老於文學，其誰宜爲？頌曰：

噫嘻前朝，孽臣姦〔二〕驕，爲昏爲妖。邊將騁兵，毒亂國經，群生失寧。大駕南巡，百寮竄身，奉賊稱臣。天將昌唐，繄曉〔三〕我皇，匹馬北方。獨立一呼，千麾萬旗，我〔四〕卒前驅。

我師其東，儲皇撫戎，蕩攘群兇。復服指期，曾不踰時，有國無之。事有至難，宗廟再安，二聖重歡。地闢天開，蠲除祆灾，瑞慶大來。兇徒逆儔，涵濡天休，死生堪羞。功勞位尊，忠烈名存，澤流子孫。盛德之興，山高日昇，萬福是膺。能令大君，聲容沄沄，不在斯文。湘江東西，中直浯溪，石崖天齊。可磨可鐫，刊此頌焉，何千萬年！

【校　記】

〔一〕上元二年（七六一）八月。〔二〕黄本作「奸」。〔三〕明本原作「曉」，諸本均作「曉」。〔四〕《全唐文》作「戎」。

與吕相公書〔一〕

某月日，某官某再拜。相公閣下，某嘗見時人不能自守性分，俛仰於傾奪之中，低徊〔二〕於名利之下，至有傷污毁辱之患，滅身亡〔三〕家之禍。則欲劇爲之箴，於身豈願踰性分，取禍辱，而忘自箴者耶〔四〕？某性荒浪，無拘限。每不能節酒，與人相見，適在一室，不能無歡於醉。醉歡之中，不能無過。少不學爲吏，長又著書論自適。昔天下太平，不敢絶世業，亦欲求文學之官職員散冗者，爲子孫計耳。自兵興以來，此望亦絶。何哉？某一身奉親，奔走萬里，所望飲啄承歡膝下。今則辱在官，以逾其性分，觸禍辱機兆者，日未無之。某又三世單貧，年過四十，弱子無母，年未十歲，孤生嫁娶者一人。相公視某，敢以身徇名利者乎？有如某者，以身徇名利，齒於奴隸尚可羞，而况士君子也歟？某甚愚鈍，又無功勞，自布衣歷官，不十月，官至尚書郎。向三歲，官未削，人多相榮，某實自憂。相公忍令某漸至畏懼而死，甚令必受禍辱而已。某前後〔五〕所言，相公似未見信，故藉〔六〕紙筆，煩瀆門下。某再拜。

【校　記】

〔一〕疑上元二年（七六一）作。　〔二〕黄本作「回」。　〔三〕黄本作「忘」。　〔四〕黄本作「即」，誤。

〔五〕《全唐文》無「後」字。　〔六〕明本原作「籍」，此從《全唐文》及黄本。

爲吕荆南謝病表〔一〕

臣某言：臣自去秋疾疹，以至今日，轉加羸弱，庶事不理。某月日附某官口奏請替，某月日又進狀陳情。未蒙允許，伏增憂懼。陛下應以臣久曾驅策，未忍替臣。臣實憂陛下方隅切須鎮守，臣不能起止四十餘日。艱虞之際，實慮變生。今淮西敗散，唐鄧危急，在臣病廢，豈敢偷安？伏望天恩即與臣替，儻餘生尚在，得至闕庭。犬馬之心，死生願畢，不勝懇款之至，謹遣某官奉表陳乞以聞。云云〔二〕。

【校記】

〔一〕寶應元年（七六二）。〔二〕《全唐文》無「云云」二字。

呂公表〔一〕

上元二年，置南都於荆州，爲江陵府，使舊相東平呂公爲江陵尹，兼御史大夫，分峽中、湖南及武陵、澧〔二〕陽、巴陵凡一十七州爲荆南節度觀察使。公理荆南三年，年五十一，薨于官。嗚呼！使公年壽之不將也，天其未厭兵革，不愛蒼生歟？公明不盡人之私，惠不取人之愛，威不致人之懼，令不求人之犯，正不刑〔三〕人之僻，直不指人之耻，故名不異俗，迹不矯時，内含端明，外與常規。其大雅君子全於終始者耶？公所以進退其身，人不知其道；公所以再在台衡，人不知其德。頌元化者，誰預〔四〕頌乎？於戲！公將用於人而不見其用，人將得於公而公忘其所得乎？結等迹參名業，嘗在幕下，將紀盛德，示於來世，故刻金石，留於此邦。

【校　記】

〔一〕寶應元年(七六二)二月。　〔二〕黄本作「澧」。　〔三〕《全唐文》作「形」。　〔四〕《全唐文》作「與」。

請節度使表寶應元年進

臣某言：臣自以愚弱無堪，遠迹江湖，全身之外，無所冀望。陛下過聽，徵臣顧問，今臣起家，數月之内，官忝臺省。爾來三歲，無益効〔一〕用，愧耻之甚，在臣無踰。臣竊以荆南是國家安危之地，伏願陛下不輕易任人。陛下若獨任武臣，則州縣不理；若獨任文吏，則戎事多闕。自兵興已〔二〕來，今八年矣，使戰争未息，百姓勞弊，多因任使不當，致使敗亡。伏惟陛下審擇重臣，即日鎮撫，全陛下上游之地，救愚臣不逮之急，謹遣某官奉表以聞。

【校　記】

〔一〕黄本作「效」，同。　〔二〕《全唐文》作「以」。

舉吕著作狀寶應元年奏

故荆南節度觀察使江陵尹兼御史大夫吕諲姪男季重〔一〕。

右見任祕書省著作郎。

以前件狀。吕某立身無私，歷官清儉，身没〔一〕之後，家無餘財。長男幼小，未了家事。前件姪質性純厚，識理通敏，仁孝之性，不慙古人。自其疾甚，不視事向五六十日。軍府之事，皆季重〔三〕諮問，事無大小，處之無猜〔四〕。以臣所見，季重〔五〕不獨爲賢子弟。今時穀涌〔六〕貴，道路多虞，漂流異鄉，無以自給。伏望天恩與季重〔七〕便近州一正員官，令其恤養孤幼。謹録奏聞，伏聽敕旨。

【校　記】

〔一〕黄本作「童」。　〔二〕《全唐文》作「殁」，通。　〔三〕黄本作「童」。　〔四〕明本及黄本均作「情」，此從《全唐文》。　〔五〕黄本作「童」。　〔六〕《全唐文》作「踊」。　〔七〕黄本作「童」。

乞免官歸養表〔一〕

臣某言：臣以爲才不稱任，位過其量，不自知分，禍辱皆及。臣才不如〔二〕人，量實褊僻，踰越秩次，忝辱衣冠，人亦有慙，臣自知愧。臣少以愚弱，不願爲吏，書學自業，老於儒家。今迹在軍中，日預戎事，此過臣才分，近於禍辱者矣。臣常恐荒浪，失於禮法，自逸山澤，預於生類。今穢污臺省，紊亂時憲，此過臣才分，近於禍辱者矣。伏惟陛下察臣才分，不令亂官，則貪冒苟進之徒，自臣知耻。陛下若官不失人，則天下自理。故曰：「天下理亂，繫之官人。」臣以爲官人之難，無敢易者。陛下焉可易於臣哉！臣無兄弟，老母久病，所願免官奉養，生死願足。上不敢污陛下朝列，是臣之忠；下不欲貽老母憂懼，是臣之孝。願全忠孝於今日，免禍辱於將來。伏惟陛下許臣免官，許臣奉養，在臣慶幸，無以比喻，謹遣某官奉表陳請以聞。云云〔三〕。

【校　記】

〔一〕寶應元年（七六二）四月。　〔二〕黄本作「知」，誤。　〔三〕《全唐文》無「云云」二字。

元次山集卷第八

自釋〔一〕

河南，元氏望也。結，元子名也。次山，結字也。世業載國史，世系在家牒。少居商餘山，著《元子》十篇，故以「元子」爲稱。天下兵興，逃亂入猗玗洞，始稱「猗玗子」。後家瀼濱，乃自稱「浪士」。及有官，人以爲浪者亦漫爲官乎，呼爲「漫郎」。既客樊上，漫遂顯。樊左右皆漁者，少長相戲，更曰「聱叟」。彼誚以聱者爲其不相從聽，不相鈎加，帶笭箵而盡船，獨聱齖而揮車。酒徒得此，又曰：「公之漫，其猶聱乎？公守著作，不帶笭箵乎？又漫浪於人間，得非聱齖乎？公漫久矣，可以漫爲叟。」於戲！吾不從聽於時俗，不鈎加於當世，誰是聱者，吾欲從之。彼聱叟不慚帶乎笭箵，吾又安能薄乎著作？彼聱叟不羞聱齖於鄰里，吾又安能慚漫浪於人間？取而〔二〕醉人議，當以「漫叟」爲稱。直荒浪其情性，誕漫其所爲，使人知無所存有，無所將待。乃爲語曰：「能帶笭箵者，全獨而保生。能學聱齖者，保宗而全家。聱也如此，漫乎非邪？」

【校記】

〔一〕寶應元年（七六二）。明本無此篇，《全唐文》收之，有「書」字，蓋自《新唐書·元結傳》録出。

〔二〕按，「而」同「爾」。

漫論并序〔一〕

乾元己亥至寶應壬寅〔二〕，蒙〔三〕時人相誚議曰「元次山嘗漫有所爲，且漫聚兵，又〔四〕漫辭官，漫聞議」云云，因作《漫論》。論曰：

世有規檢大夫持規之徒來問叟曰：「公漫然何爲？」對曰：「漫爲公也，漫何以然〔五〕？」對曰：「漫然。」規者怒曰：「人以漫指公者，是他家惡公之辭，何得翻不惡漫而稱漫爲？漫何檢〔六〕括？漫何操持？漫何是非？漫不足準，漫不足規。漫無所用，漫無所施。漫也〔七〕何效？漫焉何師？公髮已白，無終惑之。」叟俛首而謝曰：「吾不意公之説漫而〔八〕至於此。意如所説，漫焉足恥。吾當於漫，終身不羞。著書作論，當爲漫流。於戲！九〔九〕流百氏，有定限耶？吾自分張，獨爲漫家。規檢之徒，則奈我何！」

【校　記】

〔一〕寶應元年（七六二）。　〔二〕《全唐文》「寅」下有「歲」字。　〔三〕《全唐文》無「蒙」字。　〔四〕明本及黄本均無「漫聚兵又」四字，此從《全唐文》。　〔五〕明本「漫爲公也，漫何以然」二句，原作「漫爲何似然」，石刻黄本作「漫何爲似然」，此從《全唐文》。　〔六〕黄本作「簡」。　〔七〕《全唐文》及黄本均作「焉」。　〔八〕《全唐文》無「而」字。　〔九〕黄本訛爲「凡」。

抔薄侯反樽銘并序〔一〕

郎亭西乳有藂石，石臨樊水，漫叟構石顛以爲亭。石有窊顛者，因修之以藏酒。士源愛之，命爲「抔樽〔二〕」。乃爲士源作《抔樽銘》，銘曰：

窊顛之石，在吾亭上。天全其器，實有殊狀。如竇而底，似傾幾欹。非曲非方，不準不規。孟公高賢，命曰「抔樽」。漫叟作銘，當欲何言？時俗澆〔三〕狡，日益僞薄。誰能抔〔四〕飲，共守淳樸。

【校　記】

〔一〕寶應元年（七六二）。　〔二〕黄本作「尊」，下同。　〔三〕明本、黄本均作「僥」，此從《全唐文》。

〔四〕明本、黄本均作「拉」，誤，此從《全唐文》。

抔湖銘并序〔一〕

抔湖，東抵抔樽，西侵退谷，北匯樊水，南涯郎亭。有菱有荷，有菰古胡反有蒲。方一二里，能浮水。與漫叟自抔亭遊退谷，必泛此湖。以湖在抔樽之下，遂命曰「抔湖」。銘曰：

誰游江海，能厭其大？誰泛抔湖，能厭其小？故曰：人不厭者，君子之道。於戲君子，人不厭之。死雖千歲，其行可師。可厭之類，不獨爲害。死雖萬代〔二〕，獨堪污穢。或問作銘，意盡此歟？吾欲爲人厭者，勿泛抔湖。

【校記】

〔一〕寶應元年（七六二）。 〔二〕明本、黄本均作「死」，誤，此從《全唐文》。

退谷銘并序〔一〕

抔湖西南是退谷，谷中有泉，或激或懸，爲竇爲淵。滿谷生壽木，又多壽藤縈之。

始入谷口，令人忘返。時士源以漫叟退修耕釣，愛遊此谷，遂命曰「退谷」。元子作銘，以顯士源之意。銘曰：

誰命退谷，孟公士源。孟公之意，漫叟知焉。公畏漫叟，心進迹退。公懼漫叟，名顯身晦。公恐漫叟，辭小受大。於戲退谷，獨爲吾規。干進之客，不羞遊之。何人作銘，銘之谷口。荒浪者歟，退谷漫叟。

【校記】

〔一〕寶應元年（七六二）。

惠公禪居表〔一〕

泝樊水二百餘里，有湧溪。入溪八九里，有蛇山之陽，是惠公禪居。禪師以無情待人之有情，以有爲全己之無欲。各因其性分，莫不與善。知人困窮，喻使耕織；因人灾患，勸守仁信。故閭里相化，耻爲弋釣，日勤種植。不五六年，沮澤有溝塍，荒皋有阡陌，桑果竹園如伊洛間。所以愛禪師者，無全行，無全道，豈能及此？鄉人欲增修塔〔二〕廟，託禪師以求福，禪師亦隨人之意而制造焉。直門臨溪，廣堂背山，庭列雙臺，修廊〔三〕夏寒。松竹蒼蒼，周流清泉，岑嶺複抱，衆山回旋。斯亦曠絶之殊境矣。吾以所疑咨於禪師，禪師曰：「我恐人忘善。以事誘人，及人將善，固不以事爲累。」吾以所惑咨於禪師，禪師曰：「公若以惑相問，我亦惑於問焉。公若無惑，我復〔四〕何對？」於戲！吾漫浪者也，焉能盡禪師之意乎？縣大夫孟彦深、王文淵識名顯當世，必能盡禪師之意，故命之作贊。贊曰：

聖者忘迹，達人化心。惠公之妙，無得而尋。如山出雲，如水涵月。惠公得之，演用不竭。無情之化，可洽群黎。將引天下，同於湧溪。

【校　記】

〔一〕寶應元年至廣德元年（七六二至七六三）間家樊上時作。　〔二〕黄本作「墖」，同。　〔三〕《全唐文》作「廓」。　〔四〕《全唐文》作「亦」。

化虎論〔一〕

都昌縣大夫張粲君英將之官，與其友賈德方、元次山别，且曰：「吾邑多山澤，可致麕〔二〕鹿爲二賢羞賓客，何如？」及到官，書與二友曰：「待我化行，旬月，使虎爲鹿，豺〔三〕爲麕，梟爲鶌鴿，蝦蟆爲兔。將以豐江外庖厨，豈獨與德方、次山之羞賓客也？」德方對曰：「嗚呼！

兵興歲久，戰争日甚。生人怨痛，何時休息！君英之化，豈及豺虎〔四〕？將恐虎窟公城，豺遊公庭，梟集公楹，群蛙匝公而鳴。敢以不然之論，反〔五〕化君英。」次山異德方，報君英化虎之論〔六〕，豈直望化虎哉？次山請商之。君英所謂待吾化豺〔七〕虎然後羞吾〔八〕屬也，其意蓋欲待朝廷化小人爲君子，化諂〔九〕媚爲公直，化姦〔一〇〕逆〔一一〕爲忠信，化競進爲退讓，化刑法爲典禮，化仁義爲道德。使天下之人〔一二〕，皆涵純樸。豈止化虎而羞我哉？德方未量君英耶〔一三〕？次山故編所言爲化虎之論。

【校　記】

〔一〕寶應廣德間家樊上時作。　〔二〕《全唐文》作「麋」。　〔三〕《全唐文》作「豹」，下同。　〔四〕《全唐文》作「虎豹」。　〔五〕明本及黄本均作「返」，此從《全唐文》。　〔六〕「反化君英」句下，明本及黄本均作「賈德方報君英化虎之論宜」，無「次山異德方」句，此從《全唐文》。　〔七〕《全唐文》無「豺」字。　〔八〕明本及黄本均作「於」，此從《全唐文》。　〔九〕明本及黄本均訛作「謟」，此從《全唐文》。　〔一〇〕黄本作「奸」。　〔一一〕《全唐文》作「邪」。　〔一二〕《全唐文》「人」下有「心」字。

〔一三〕《全唐文》作「歟」。

辯惑二篇有序

議者多惑朱公叔、第五興先所爲，故引之作《辯惑》二篇，以喻惑者，其意亦欲將辯惑與時人爲勸懼之方。

上篇

昔南陽朱公叔爲冀州刺史，百城長吏多懼罪自去。公叔不舉法彈理之，聽其去官而已。惑者曰：「公叔才達者也，苟能威畏，苟能逃罪。當下自新之令，不問前時之過。公叔之爲也，是哉？」辯者曰：「嗚呼！先王作法令，蓋欲禁貪邪，絶兇〔一〕暴，使人不得苟免。是以惡蒙異世之誅，善及子孫之賞。若法令不行，則無以沮勸。苟失沮勸，則賞罰何爲？嗚呼！先王懼人民自相侵害，故官人以理之，加其爵禄，使其富貴，蓋爲其能理養人民者也。彼乃絶理養之心，以殺奪爲務，去而不理，而曰是乎？豈有冠冕軒車，佩符持節，取先王典禮以爲盜具，將天下法令而爲盜資乎？致使金寶千囊，財貨百車，令彼盜類，各爲富家。公叔不理，奈何咨嗟！」

下篇

昔第五興先爲詔使，舉奏刺史二千石蒙削免者甚衆。興先以奉使稱職，獲遷官焉。或者曰：「興先能糾劾過惡，直哉！使臣遷秩次也，宜乎？」辯者曰：「夫理人貴久其法，明其禁，使人知常且長也。漢家法不常耶？禁不長耶？何得興先暴將威令，急操刑獄，使蒙戮辱者如斯多乎？若漢家天下法禁皆如冀州，四方詔使皆如興先，則亂生於令出，禍作於遣使，誰爲惑者，聽我商之。嗚呼！畏陷人於法，故先於禁制。有抵犯者，理而刑之，示其必常也，人始知懼。先王欲人自御名新〔二〕，故爲善者賞之，俾人勸而無懼，然後乃理。所以施賞罰於人民，令似衣冠，不可脱去。如此慇懃〔三〕，乃能措刑殺，致太平耳。故曰：『賞善而不罰惡則亂，罰惡而不賞善亦亂，賞罰不行與過差必止。』若如此，漢家之法在乎？興先之爲是也乎？衆人之惑喻無〔四〕？」

【校　記】

〔一〕黄本作「凶」。　〔二〕明本「自」下原缺「新」字，此從《全唐文》及黄本補入。　〔三〕黄本作「殷勤」。　〔四〕《全唐文》及黄本均作「乎」。

别王佐卿序〔一〕

癸卯歲，京兆王契佐卿年四十六，河南元結次山年四十五。時次山須浪遊吴中〔二〕，佐卿須〔三〕日去西蜀，對酒欲别，此情易耶？在少年時，握手笑别，雖遠不恨。以天下無事，志氣猶壯。今與佐卿年近五十，又逢戰争未息，相去萬里，欲强笑别，其可得乎？與佐卿去者，有清河崔異。與次山往者，有彭城劉灣。相醉相留，幾日江畔。主人鄂州刺史韋延安令四座作詩，命予爲序，以送遠云。

【校　記】

〔一〕寶應二年（即廣德元年，七六三）。〔二〕「須浪遊吴中」，《全唐文》作「頃日浪遊吴中」。〔三〕《全唐文》作「頃」。

夏侯岳州表〔一〕

癸卯歲，岳州刺史夏侯公殁于私家。門人弟子愛思不忘，願旌遺德，將顯來世。會予詔許優閑，家于樊上，故爲公作表。庚子中，公鎮岳州，予時爲尚書郎，在荆南幕府，嘗因廉問到公之州。其時天下兵興已六七〔二〕年矣，人疲州小，比太平時力役百倍。公能清正寬恕，静以理之，故其人安和而服説，爲當時法則。及公罷歸州里，公家與吾相鄰，見公在州里與山野童孺與當道辭色均若，語是非得喪，語夭壽哀樂，戀意澹然。吾是以〔三〕知道勝於内者，物莫能撓，德充於外者，事不能誘。公之所至，其獨有乎？於戲！公既壽而貴，保家全歸，於今之世，誰不榮羨？至〔四〕於公之世嗣與公官，則本縣大夫李公狀著之矣。

【校　記】

〔一〕寶應二年（即廣德元年，七六三）。　〔二〕明本及黄本「七」下均有「十」字，誤，此從《全唐文》。〔三〕明本及黄本均無「以」字，此從《全唐文》。　〔四〕明本及黄本均無「至」字，此從《全唐文》。

廣宴亭記〔一〕

樊水東盡，其南乃樊山，北鮮津吏欲於鮮上以〔二〕爲候〔三〕舍。漫叟家于樊上，不醉則閑，乃相其地形，驗之圖記，實吴故宴遊之處〔四〕。縣大夫馬公登之，歎曰：「謝公贈伏武昌詩云：『樊山開廣宴。』非此地耶？吾欲因而修之，命曰『廣宴亭』，何如？」漫叟頌之曰：「古人將修廢遺尤異之事，爲君子之道。於戲！天下有廢遺尤異之事如此亭者，誰能修而旌之，天將厭悔往乎？使公方壯而有是心也，吾〔五〕當裁畜簡札，待爲之頌，故作《廣宴亭記》以先意云〔六〕。」

【校　記】

〔一〕寶應二年（即廣德元年，七六三）。　〔二〕明本及黄本均作「而」，此從《全唐文》。　〔三〕石刻黄本亦作「候」。〔四〕此句明本及黄本均作「故實爲宴遊之處」，《四部備要》本作「津實爲宴遊之處」，此從《全唐文》。〔五〕明本及黄本均無「吾」字，此從《全唐文》。〔六〕明本及黄本末句作「故作此廣宴記」，無「以先意云」諸字，此從《全唐文》。

殊亭記〔一〕

癸卯中，扶風馬向兼理武昌，以明信嚴斷惠正爲理，故政不待時而成。於戲！若明而不信，嚴而不斷，惠而不正，雖欲理身，終不自理，况於人哉！公能令人理，使身多暇，招我畏暑，且爲涼亭。亭臨大江，復在〔二〕山上，佳木相蔭，常多清風，巡迴極望，目不厭遠。吾見公才殊、政殊、迹殊，爲此亭又殊，因命之曰「殊亭」，斵石刻記，立于亭側，庶幾來者無所憾〔三〕焉。

【校記】

〔一〕寶應二年（即廣德元年，七六三）。〔二〕明本及黄本均作「出」，此從《全唐文》。〔三〕明本及黄本均作「惑」，此從《全唐文》。

謝上表廣德二年道州進〔一〕

臣某言：去年九月敕授道州刺史，屬西戎侵軼。至十二月，臣始於鄂州授敕牒，即日赴任。臣州先被西原賊屠陷，節度使已差官攝刺史，兼又聞奏，臣在道路，待恩命者三月。臣以五月二十二日到州上訖，耆老見臣，俯伏而泣。官吏見臣，以〔二〕無菜色。城池井邑，但生荒草，登高極望，不見人烟。嶺南數州，與臣接近。餘寇蟻聚，尚未歸降。臣見招輯流亡，率勸貧弱，保守城邑，畬種山林，冀望秋後，少可全活。臣愚以爲今日刺史，若無武略以制暴亂，若無文才以救疲弊，若不清廉以身率下，若不變通以救時須，一州之人不叛則亂將作矣。豈止一州者乎？臣料今日州縣堪征〔三〕稅者無幾，已破敗者實多；百姓戀墳墓者蓋少，思流亡者乃衆。則刺史宜精選謹〔四〕御名擇以委任之，固不可拘限官次，得之貨賄，出之權門者也。凡授刺史，特望陛下一年問其流亡歸復幾何，田疇墾闢幾何；二年問畜養比初年幾倍，可税比初年幾倍；三年計其功過，必行賞罰，則人皆不敢冀望僥倖，苟有所求。臣實孱弱，辱陛下符節，陛下必當謹〔五〕御名擇，臣固宜廢歸山野，供給井税。臣不任懇款之至，謹遣某官奉表陳謝以聞。

【校記】

〔一〕按，廣德二年是七六四年。〔二〕《全唐文》作「已」。〔三〕黃本作「徵」。〔四〕明本原缺「謹」字，此從《全唐文》及黃本。〔五〕明本原缺「謹」字，此從《全唐文》及黃本。

奏免科率狀 廣德二年奏，敕依

當州准敕及租庸等使徵率錢物，都計一十三萬六千三百八十八貫八百文。

一十三萬二千四百八十貫九百文，嶺南西原賊未破州已前。

三千九百七貫九百足〔一〕，賊退後徵率。

以前件如前。臣自到州，見庸租〔二〕等諸使文牒，令徵前件錢物送納。臣當州被西原賊屠陷，賊停留一月餘，日焚燒糧儲屋宅，俘掠百姓男女，驅殺牛馬老少，一州幾盡。賊散後，百姓歸復，十不存一。資産皆無，人心嗷嗷，未有安者。若依諸使期限，臣恐坐見亂亡。今來未敢徵率，伏待進止。又嶺南諸州，寇盜未盡。臣州是嶺北界，守捉處多。若臣州不安，則湖南皆亂。伏望天恩，自州未破已前，百姓久負租稅，及租庸等使所有徵率和市雜物，一切放免；自州破已後，除正租正庸，及准格式合進奉徵納者，請據見在户徵送，其餘科率，並請放免。容其見在百姓産業稍成，逃亡歸復，似可存活，即請依常例處分。伏願陛下以臣所奏，下議有司。苟若臣所見愚僻，不合時政，干亂紀度，事涉虚妄，忝官尸禄，欺上罔下，是臣之罪，合正典刑，謹録奏聞。

【校　記】

〔一〕《全唐文》作「文」。　〔二〕《全唐文》作「租庸」。

縣令箴〔一〕

古今所貴，有土之官，當其選授，何嘗不難？爲其動静，是人禍福，爲其嘘噏，作人寒燠。煩則人怨，猛則人懼，勿以賞罰，因其喜怒。太寬則慢，豈能行令，太簡則疎，難與爲政。既明且斷，直焉無情，清而且惠，果然必行。或曰：關由上官，事不自我，辭讓而去，有何不可！誰欲字人，贈君此箴，豈獨書紳，可以銘心？

【校　記】

〔一〕疑廣德二年及永泰元年（七六四至七六五）間道州刺史任内作。

廣德二年賀赦表〔一〕

臣某言：伏〔二〕奉某月日赦，宣〔三〕示百姓訖。伏惟〔四〕陛下以慈惠馭兆庶，以謙讓化天下。凡所赦宥，皆允人望；凡所敦勸，皆合大經。生識之類，不勝大幸！臣方領陛下州縣，守陛下符節，不得稱慶下位，蹈舞闕庭，不任歡戀之至，謹遣某官奉表陳賀以聞〔五〕。

【校記】

〔一〕《全唐文》題作「賀廣德二年大赦表」。〔二〕《全唐文》「伏」上有「臣」字。〔三〕《全唐文》「宣」上有「某月日」三字。〔四〕《全唐文》「惟」下有「皇帝」二字。〔五〕明本及黄本均無「謹遣某官奉表陳賀以聞」句，此從《全唐文》。

永泰元年賀赦表〔一〕

臣某言：某月日恩赦到〔二〕州，宣示百姓訖。百姓貧弱者多，勞苦日久，忽蒙惠澤，更相喜賀，歡呼忭〔三〕躍，不自禁止。伏惟〔四〕陛下增修典禮，弘〔五〕正紀度，勞謙慈惠，與人更新。此實興王之盛烈，明主〔六〕之至德，戴履天地，誰不慶幸？臣方鎮〔七〕守州縣，不得蹈舞闕庭，無任歡忻之至。謹奉表陳賀以聞〔八〕。

【校記】

〔一〕《全唐文》題作「賀永泰改元大赦表」。〔二〕明本及黄本均作「至」，此從《全唐文》。〔三〕《全唐文》作「抃」。〔四〕《全唐文》「惟」下有「皇帝」二字。〔五〕《全唐文》作「宏」。〔六〕《全唐文》作「明聖」。〔七〕明本及黄本均無「鎮」字，此從《全唐文》。〔八〕明本及黄本均無「謹奉表陳賀以聞」一句，此從《全唐文》。

舜祠表〔一〕

有唐乙巳歲，使持節道州諸軍事守道州刺史元結，以虞舜葬於蒼梧之〔二〕九疑之山，在我封内，是故申明前詔，立祠于州西之山南，已而刻石爲表。於戲！孔氏作虞書，明大舜德及生人之至，則大舜於生人，宜以類乎天地，生人奉大舜，宜萬世而不厭。考大舜南巡之年，時已一百一十二歲矣。自中國至蒼梧，亦幾有萬里。蒼梧山谷，深險可懼，帝竟人而不回。至今山下之人，不知帝居之宫，帝葬之陵。嗚呼！在有虞氏之世，人民可奪其君耶？人民於大舜，能忘而不思耶？何爲來而不歸？何故死於空〔三〕山？吾實惑而作表。來者遊於此邦，登乎九疑，誰能不惑也歟？

【校　記】

〔一〕永泰元年(七六五)。　〔二〕《全唐文》無「之」字。　〔三〕《全唐文》作「其」。

送王及之容州序〔一〕

乾元中〔二〕，漫叟浪家于瀼溪之濱，以耕釣自全而已。九江之人，未相喜愛，其意似懼叟衣食之不足耳，叟亦不促促而從之。有王及者，異夫鄉人焉，以文學相求，不以羈旅見懼，以相安爲意，不以可否自擇，及於叟也如是之多。叟在舂陵，及能相從遊，歲餘而去。將行，規之曰：「叟愛及者也，無惑叟言。及方壯，可强藝業，勿以遊方爲意。人生若不能師表朝廷，即當老死山谷。彼驅驅〔三〕於財貨之末，局局於權勢之門，縱得鍾鼎，亦胡顏受納？行矣自愛。」耿容州歡於叟者，及到容州，爲叟謝主人：「聞幕府野次久矣，正宜收擇謀夫，引信才士。有如及也，能收引乎？」二三子賦送遠之什，以系此云。

【校　記】

〔一〕永泰元年(七六五)。　〔二〕《全唐文》作「初」。　〔三〕《全唐文》作「區區」。

茅閣記〔一〕

乙〔二〕巳中〔三〕，平昌孟公鎮湖南。將二歲矣，以威惠理戎旅，以簡易肅州縣，刑政之下，則無撓人。故居方多閑，時與賓客嘗欲因高〔四〕引望，以紓〔五〕遠懷。偶愛古木數株，垂〔六〕覆城上〔七〕，遂作茅閣，蔭其清陰。長風寥寥，入我軒檻，扇和爽氣，滿於閣中。世傳衡陽暑濕鬱烝，休息於此，何爲不然？今天下之人正苦大熱，誰似茅閣，蔭而庥之？於戲！賢人君子爲蒼生之庥蔭，不如是耶？諸公歌詠〔八〕以美〔九〕之，俾茅閣之什，得系嗣於風雅者矣。

【校　記】

〔一〕永泰元年（七六五）。　〔二〕《全唐文》作「已」，誤。　〔三〕明本及黃本均無「中」字，此從《全唐文》。　〔四〕明本及黃本均作「亭」，此從《全唐文》。　〔五〕《全唐文》作「抒」。　〔六〕明本及黃本均作「重」，此從《全唐文》。　〔七〕按，《全唐文》作「下」，非。次山《題孟中丞茅閣》詩有「垂陰滿城上」之句，正與此文「垂覆城上」之意同。　〔八〕《全唐文》作「詠歌」。　〔九〕明本及黃本均作「長」，此從《全唐文》。

崔潭州表〔一〕

乙巳歲，潭州刺史崔瓘〔二〕去官，州人衡州司功參軍鄭洌爲鄉人某等請余爲崔公作表。公前在澧州，謡頌之聲，達于朝廷，褒異之詔，與人爲程。及領此州，在今日能使孤寡老弱〔三〕無悲憂，單貧困窮安其鄉，富豪强家無利害，賈人就食之類，各得其業，職役供給不匱人而當於有司。若非清廉而信，正直而仁，則不能至。於觀察御史中丞孟公奏課又第一，會國家以犬戎爲虞，未即徵拜，使蒼生正暍〔四〕於歇反而去其痳瘮，使蒼生正渴而歃其清源。時艱道遠，州人等不得詣闕寃訴，且欲刻石立表，以彰盛德。於戲〔五〕！刺史，有土官也，千里之内，品刑〔六〕之屬，不亦多乎！豈可令凶竪暴類貪夫姦〔七〕黨以貨權家而至此官？如崔公有〔八〕者，豈獨真刺史耳〔九〕？鄭洌之爲，豈苟媚其君而私於州里耶？蓋懼清廉正直之道，溺〔一〇〕於時俗，君子遺愛之心，不顯來世，故采其意而已矣。

【校　記】

〔一〕永泰元年（七六五）。　〔二〕明本及黄本均作「瓘」，此從《全唐文》。　〔三〕明本及黄本均作「孤老寡弱」，此從《全唐文》。　〔四〕《全唐文》及黄本均作「喝」。　〔五〕《全唐文》作「嗚呼」。　〔六〕《全唐文》作「形」。　〔七〕黄本作「奸」。　〔八〕《全唐文》無「有」字。　〔九〕《全唐文》作「耶」。

〔一〇〕黄本作「弱」，誤。

與何員外書永泰中，何昌裕爲户部員外〔一〕

月日，次山白：「何夫子執事：皮弁，時俗廢之久矣。非好古君子，誰能存之？忽蒙見贈，驚喜無喻。次山，漫浪者也，苦不愛便事之服，時世之巾。昔年在山野，曾作愚巾凡裘，異於制度。凡裘，領，緇界緇緣緇帶，其餘皆褐，帶聯後縫，中腰前繫。愚巾，頂方帶方垂方，緇葛爲之，玄絲爲緌〔二〕。次山自衣帶巾裘，雖不爲時人大惡，亦嘗辱其嗤誚。方欲雜古人衣帶以自免辱，贈及皮弁，與凡裘正相宜。若風霜慘然，出行林野，次山則戴皮弁，衣凡裘。若大暑蒸濕，出見賓客，次山則戴愚巾，衣野服。野服，大抵緇褐布葛爲之也。腰擔爲裳，短襟爲衣，裳下及屨〔三〕，衣垂及膝下。不審夫子異時歸休，適在山野，能衣戴此者不乎？若以爲宜，當各造一副送往。元次山白。」

【校記】

〔一〕按，係永泰元年作。

〔二〕《全唐文》及黄本均作「縷」。

〔三〕《全唐文》及黄本均作「履」。

元次山集卷第九

再謝上表永樂二年進〔一〕

臣某言：某伏奉某月日敕，再授臣道州刺史，以某月日到州上訖。臣前日在官，雖百姓不至流亡，而歸復者十無一二；雖寇盜不犯邊鄙，而不能兵救鄰州；雖賦斂僅能供給，而有司不無罪狀；雖人吏似從教令，而風俗未能移易。臣又多病，不無假故。水旱災沴，每歲不免。疾疫死傷，臣州尤甚。以臣自訟，合抵刑憲。聖朝寬貸，猶宜奪官。陛下過聽，重有授任。伏恐守廉讓者以臣爲苟安禄位，抱公直者以臣爲内懷私僻，有材識者辱臣於臺隸之下，用刑法者罪臣於程式之中。臣所以不敢即日辭免，待陛下按驗虛實，然後歸罪有司。今四方兵革未寧，賦斂未息，百姓流亡轉甚，官吏侵剋日多，實不合使凶庸貪猥之徒，凡弱下愚之類，以貨賂〔二〕權勢而爲州縣長官。伏望陛下特加察問，舉其功過，必行賞罰，以安蒼生。誰不自私？臣實不敢，所言狂直，朝夕待罪。不任懇款之至，謹遣某官奉表陳謝。

【校　記】

〔一〕按，即大曆元年（七六六）。　〔二〕《全唐文》作「賄」。

論舜廟狀 永泰二年奏，敕依

右謹按地圖，舜陵在九疑之山，舜廟在太陽之溪。舜陵古老以〔一〕失，太陽溪今不知處。秦漢已〔二〕來，置廟山下，年代寖遠，祠宇不存。每有詔書令州縣致祭，奠酹荒野，恭命而已。豈有盛德大業，百王師表，殁於荒裔，陵廟皆無？臣謹遵舊制，於州西山上，已立廟訖。特乞天恩許蠲免近廟一兩家，令歲時拂灑，示爲恒式。豈獨表聖人至德及於萬代，實欲彰陛下玄澤及於無窮。謹録奏聞。

【校　記】

〔一〕《全唐文》及黄本均作「已」。　〔二〕黄本作「以」。

奏免科率等狀 永泰二年奏，敕依

當州奏永泰元年配供〔一〕上都錢物，總一十三萬二千六百三十三貫三十五文。

四萬一千二十六貫四百八十九文，請據見在堪差科徵送。

九萬一千六百六貫五百四十六文配率，請放免。

以前件如前。臣當州前年陷賊一百餘日，百姓被焚燒殺掠幾盡。去年又賊逼州界，防捍一百餘日。賊攻永州，陷邵州，臣州獨全者，爲百姓捍賊。今年賊過桂州，又團練六七十日。丁壯在軍中，老弱餽糧餉，三年已來，人實疲苦。臣一州當嶺南三州之界，守捉四十餘處。嶺南諸州，不與賊戰，每年賊動，臣州是境上之州。若臣州陷破，則湖南爲不守之地。在於徵賦，稍合優矜。今使司配率錢物，多於去年一倍已上；州縣徵納送者，多於去年二分已下。申請矜減，使司未許。伏望陛下以臣所奏，令有司類會諸經賊陷州，據合差科户。臣當州每年除正租正庸外，更合配率幾錢，庶免使司隨時加減，庶免百姓每歲不安。其今年輕貨及年支米等，臣請准狀處分。謹録奏聞。

【校　記】

〔一〕《全唐文》及黄本均作「貢」。

舉處士張季秀狀永泰二年奏，敕依

臣州僻在嶺隅，其實邊裔，土風貪於貨賄，舊俗多習吏〔一〕事。獨季秀能介直自全，退守廉讓；文學爲業，不求人知；寒餒切身，彌更守分；貴其所尚，願老山林。臣切以兵興已來，人皆趨競，苟利分寸，不愧其心。則如季秀者，不可不加褒異。臣特望天恩，令州縣取其穩便，與造草舍十數間，給水田一兩頃，免其當户徭役，令得保遂其志，此實聖朝旌退讓之道，亦爲士庶識廉耻之方。謹録奏聞。

【校　記】

〔二〕明本原作「史」，非，此從《全唐文》及黄本。

張處士表〔一〕

永泰丙午中，處士張秀卒。於戲！吾嘗驗古人，將老死巖谷，遠迹時世者，不必其心皆好山林。若非介直方正與時世不合，必識高行獨與時世不合，不然，則剛褊傲逸與時世不合。彼若遭逢不容，則身不足以爲禍，將家族以隨之。至於傷污毁辱，何足説者！故使之矯然絶世，逃其不容，直爲逸民，竟爲退士，枕石飲水，終身而已。當時之君，欲以禄位招之，有土之官，欲以厚禮處之，彼驚懼抗絶而去。時之見能如此，所以尤高尚焉。嗚呼！處士與時不合者耶？而未能矯然絶世，遭以禮法相檢不見容。悲夫！

【校　記】

〔一〕永泰二年（七六六），十一月改元大曆。

菊圃記〔一〕

春陵俗不種菊，前時自遠致之，植於前庭墻下。及再來也，菊已無矣。徘徊舊圃，嗟歎久之。誰不知菊也芳〔二〕華可賞？在藥品是良藥，爲蔬菜是佳蔬。縱須地趍走，猶宜徙植修養，而〔三〕忍蹂踐至盡，不愛惜乎？於戲！賢士〔四〕君子，自植其身，不可不慎擇所處。一旦遭人不愛重，如此菊也，悲傷奈何！於是更爲之圃，重畦植之。其地近讌息之堂，吏人不此奔走；近登望之亭，旌麾〔五〕不此行列。縱參歌妓，菊非可惡之草；使有酒徒，菊爲助興之物。爲之作記，以託後人，并録《藥經》，列於記後。

【校　記】

〔一〕永泰二年（七六六）。　〔二〕《全唐文》作「方」，誤。　〔三〕黄本作「尚」，非。　〔四〕《全唐文》作「人」。　〔五〕《全唐文》作「旄」。

寒亭記在江華縣〔一〕

永泰丙午中，巡屬縣至江華。縣大夫瞿令問咨曰：「縣南水石相映，望之可愛。相傳不可登臨，俾求之，得洞穴而入，棧險以通之，始得構茅亭於石上。及亭成也，所〔二〕以階檻憑空，下臨長江；軒楹雲端，上齊絕顛〔三〕。若旦暮景氣〔四〕，烟靄異色，蒼蒼石墉，含映水木。欲名斯亭，狀類不得。敢請名之，表示來世。」於是休〔五〕于亭上爲商之曰：「今大暑登之，疑天時將寒。炎烝之地，而〔六〕清涼可安。不合命之曰『寒亭』歟〔七〕？」乃爲寒亭作記，刻之亭背。

【校　記】

〔一〕黄本題作「寒泉亭記」。永泰二年（七六六）十一月改元大曆。〔二〕《全唐文》無「所」字。〔三〕《全唐文》作「巔」。〔四〕《全唐文》作「風」。〔五〕明本及黄本無「休」字，此從《全唐文》。〔六〕《全唐文》無「而」字。〔七〕此句《全唐文》作「合命之曰寒亭」。

陽華岩銘并序〔一〕

道州江華縣東南六七里有回山，南〔二〕面峻秀，下有大岩，岩當陽端。故以「陽華」

命之。吾遊處山林幾三十年，所見泉石如陽華殊異而可家者，未也，故作銘〔三〕稱之。縣大夫瞿令問藝兼篆籀，俾依石經，刻之岩下。銘曰：

九疑萬峰，不如陽華。陽華巉巉，其下可家。洞開爲岩，岩當陽端。岩高氣清，洞深泉寒。陽華旋回，岑巔如闢。溝塍松竹，輝映水石。尤宜逸民，亦宜退士。吾欲投節，窮老於此。懼人譏我，以官矯時。名迹彰顯，醜如此爲。於戲陽華，將去思來。前步却望，踟躕徘徊。

【校　記】

〔一〕永泰二年（七六六）十一月改元大曆。　〔二〕黄本作「東」。　〔三〕明本及黄本均作「名」，誤，此從《全唐文》。

窊樽銘并序〔一〕

道州城東有左湖，湖東二十步有小石山。山顛有窊石，可以爲樽。乃爲亭樽上，刻銘〔二〕爲志，銘曰：

片〔三〕石何狀，如獸之踆。其背巔窊，可以爲樽。空而臨之，長岑深壑。廣亭之内，如見山岳。滿而臨之，曲浦回淵。長瓢之下，江湖在焉。彼成全器，誰爲之力。天地開鑿，日月拉拭。寒暑琢磨，風雨潤色。此器大樸，尤宜直純。勒銘亭下，以告後人。

【校記】

〔一〕永泰二年（七六六）十一月改元大曆。〔二〕《全唐文》及黄本均作「石」。〔三〕《全唐文》及黄本均作「井」。

問進士永泰二年道州問

第一

問：天下興兵，今十二年矣。殺傷勞辱，人似未厭。控强兵，據要害者，外以奉王命爲辭，内實理車甲，招賓客，樹爪牙。國家亦因其所利，大者王而相之，亞者公侯，尚不滿望。今欲散其士卒，使歸鄉里；收其器械，納之王府；隨其才分，與之禄位。欲臨之以威武，則力未能制；欲責之以辭讓，則其心未喻。若捨而不問，則未覩太平。秀才通明古今，才識傑異，天下之兵須解，蒼生須致仁壽，其策安出？子其昌言。

第二

問：往年天下太平，仕者非累資序，積勞考，二十許年，不離一尉。至于入廊廟，總樞轄，則當時名聲籍甚者得至焉。今商賈賤類，臺隸下品，數月之間，大者上污卿監，小者下辱州縣，至於廊廟，不無雜人。如專經以求進，主文而望達者，若不困頓於林野，則必悽惶於道路。今日國家行何道，得九流鑑清？作何法，得僥倖路絶？施何令，使人自知耻？設何教，使賢愚自分？

第三

問：開元天寶之中，耕者益力。四海之内，高山絶壑，耒耜亦滿。人家糧儲，皆及數歲。太倉委積陳腐，不可校〔一〕量。忽遇凶年，穀猶耗盡。當今三河膏壤，淮泗沃野，皆荆棘已老，則耕可知。太倉空虚，雀〔二〕鼠猶餓，至于百姓，朝暮不足。而諸道聚兵，百有餘萬，遭歲不稔，將何爲謀？今欲勸人耕種，則喪亡之後，人自貧苦，寒餒不救，豈有生資？今欲罷兵息戍，則又寇盜猶在，尚須防遏，使國家用何策，得人安俗阜，不戰無兵？用何謀，使縱遇凶〔三〕年，亦無灾患？

【校　記】

〔一〕黄本作「挍」。　〔二〕黄本作「省」，誤。　〔三〕黄本作「荒」。

第四

問：往年粟一斛，估錢四百，猶貴；近年粟一㪷〔一〕，估錢五百，尚賤。往年帛一匹，估錢五百，猶貴；近年帛一匹，估錢二千，尚賤。今耕夫未盡，織婦猶在，何故往年耕織，計時量力，勞苦忘倦，求免寒餒？何故今日甘心寒餒，惰游而已？於戲！曩時粟帛至賤，衣食至易，今日粟帛至貴，衣食至難，而人心勤惰如此，其何故也？試一商之，欲聞其説。

【校　記】

〔一〕《全唐文》及黄本作「斛」。

第五

問：古人識貴精通，學重兼博，不有激發，何以相求？三禮何篇〔一〕可删？三傳何者可廢？墨氏非樂，其禮何以？儒家委命，此言當乎？彼天女天孫，不知何物？彼日兄月姊，弟妹是誰？駔儈與傖奴寧分，一純將二精何説？孤竹之君何姓？新城老婦何名？棘竹出自何方？毒銅産於何國？何鄉無水可飲？何地卧冰而温？何人恩信過於田横？何人壯勇等於關羽？何人鑿坯而遁？何人終日掃門？無淺近之不爲，悉説。

【校記】

〔一〕《四部備要》本作「爲」。

九疑圖記〔一〕

九疑山方二千餘里，四州各近一隅。世稱九峰相似，望而疑之，謂之九疑。亦云：舜登〔二〕九峰，疑禹而悲，從臣有作九疑〔三〕之歌，因謂之「九〔四〕疑」。九峰殊極高大，遠望皆可見也。彼如嵩華之峻崎〔五〕，衡岱之方廣，在九峰之下，磊磊然如布棋石者，可以百數。中峰之下，水無魚鼈，林無鳥獸，時聞聲〔六〕如蟬蠅之類，聽之亦無。往往見大谷長川，平田深淵，杉松百圍，榕〔七〕栝並之〔八〕，青莎白沙，洞穴丹崖，寒泉飛流，異竹雜華，回映之處，似藏人家。實有九水，出於中山〔九〕，四水〔一〇〕流灌於南海，五水北注，合爲洞庭。若度其高卑，比洞庭南海之岸，直上可二三百里。不知海内之山，如九疑者幾焉？或曰：「若然者，兹山何不列於五嶽？」對曰：「五帝之前，封疆尚隘，衡山作嶽，已出荒服。今九疑之南，萬里臣妾；國門東望，不見涯際；西行幾萬〔一一〕里，未盡邊陲。當合以九疑爲南嶽，以崑崙爲西嶽。衡華〔一二〕之輩，聽逸者占爲山居〔一三〕，封君表作園〔一四〕囿耳。但苦當世議者拘限常情，牽引古製〔一五〕，不能有所改創也。如何？」故圖畫〔一六〕九峰，略載山谷，傳於好事，以旌異之。如山中之往迹，峰洞之名稱，爲人所傳説者，並隨方題記，庶幾觀者易知〔一七〕。時永泰丙午中〔一八〕也。

【校記】

〔一〕《全唐文》題作「九疑山圖記」。永泰二年（七六六）十一月改元大曆。〔二〕《全唐文》作「望」。〔三〕明本及黄本均作「悲」，此從《全唐文》。〔四〕《全唐文》無「九」字。〔五〕《全唐文》作「峙」。〔六〕明本及黄本均無「時聞聲」三字，此從《全唐文》。〔七〕《全唐文》作「檜」。〔八〕《全唐文》作「茂」。〔九〕《全唐文》作「山中」。〔一〇〕《全唐文》「水」下有「南」字。〔一一〕明本及黄本均無「萬」字，此從《全唐文》。〔一二〕明本及黄本均作「陽」，非，此從《全唐文》。〔一三〕明本及黄本均無「居」字，此從《全唐文》。〔一四〕《全唐文》作「苑」。〔一五〕《全唐文》作「制」，通。〔一六〕明本及黄本均無「畫」字，此從《全唐文》。〔一七〕明本及黄本均作「之」，此從《全唐文》。〔一八〕《全唐文》作「年」。

送譚山人歸雲陽序〔一〕

吾於九疑之下賞愛泉石，今幾三年。能扁舟數千里來遊者，獨雲陽譚子。譚子文學，隱名山野，隱身雲陽之阿，世如君何？牧犢愛雲陽之宰峻公，不出南岳三十年，今得雲陽一峰，譚子又在焉，彼真可家之者耶？子去爲吾謀於牧犢。近峻公有泉石老樹〔二〕，壽藤縈垂，水可灌田一區〔三〕，火可燒種菽粟〔四〕，近泉可爲十數間茅舍，所詣纔通小船，則吾〔五〕往而家矣。此邦舜祠之〔六〕奇怪，陽華之殊異，潓泉之勝絶，見峻公與牧犢，當一一〔七〕説之。松竹滿庭，水石滿堂，石魚負樽〔八〕，㒳舫運觴，醉送譚子，歸于雲陽。漫叟元次山序。

【校　記】

〔一〕永泰二年（七六六）十一月改元大曆。　〔二〕明本原作「近峻公有泉山山石老樹」，此從《全唐文》。　〔三〕明本、黄本均作「夫」，此從《全唐文》。　〔四〕黄本作「果」。　〔五〕《全唐文》作「吾則」。　〔六〕明本原無「之」字，此從《全唐文》及黄本。　〔七〕明本及黄本均作「一二」，無「當」字，此從《全唐文》。　〔八〕黄本作「尊」。

朝陽岩銘并序〔一〕

永泰丙午中，自春陵詣都使計兵。至零陵，愛其郭中有水石之異，泊舟尋之，得岩與洞，此邦之形勝也。自古荒之而無名稱，以其東向，遂以「朝陽」命〔二〕焉。前刺史獨孤愐爲吾剪闢榛莽，後攝刺史竇泌〔三〕爲吾創制茅閣，於是朝陽水石，始有勝絶之名。已而刻銘岩下，將示來世。銘曰：

於戲朝陽，怪異難狀。蒼蒼半山，如在水上。朝陽水石，可謂幽奇。岩下洞口，洞中泉垂。彼高岩絶崖，深洞寒泉。縱僻在幽遠，猶〔四〕宜往焉。况郡城井邑，岩洞相對。無人修賞，競「競」，當作「竟」使蕪穢。刻石岩下，問我何爲。欲零陵水石，世人有知。

【校記】

〔一〕永泰二年（七六六）十一月改元大曆。〔二〕《全唐文》「命」下有「之」字。〔三〕明本及黄本均作「必」。〔四〕《全唐文》作「尤」。

丹崖翁宅銘并序〔一〕

零陵瀧下三十里，得丹崖翁宅俗曰「赤石園」。有唐節〔二〕者，曾爲瀧水令。去官家於崖下，自稱丹崖翁。丹崖，湘中水石之異者。翁，湘中得道之逸者。愛其水石，爲之作銘，曰〔三〕：

瀧水〔四〕未盡，瀧山〔五〕猶峻。忽見淵洄，丹崖千仞。磳磳伏兢反丹崖，其下誰家。門前斷舟〔六〕，籬上釣車。不知幾峰，爲其四墉。竹幽石磴，泉飛〔七〕户中。怪石臨淵，硱硱〔八〕綺兢反石顛。何得石顛〔九〕，翁獨醉眠。吾欲與翁，東西茅宇。飲啄終老，翁亦悦許。世俗常事，阻人心情。徘徊崖下，遂刻此銘。

【校　記】

〔一〕大曆二年（七六七）。〔二〕《全唐文》「節」下有「督」字。〔三〕《全唐文》「曰」上又有「銘」字。〔四〕明本及黄本均作「山」，此從《全唐文》。〔五〕明本及黄本均作「水」，此從《全唐文》。〔六〕《全唐文》作「船」。〔七〕《全唐文》作「飛泉」。〔八〕明本、黄本及《備要》本均作「礷礷」，非，此從《全唐文》。〔九〕《全唐文》作「巔」。

元次山集卷第十

右溪記〔一〕

道州城西百餘步，有小溪，南流數十步合營溪。水抵兩岸，悉皆怪石。欹嵌盤屈〔二〕，不可名狀。清流觸石，洄懸激注。佳〔三〕木異竹，垂陰相蔭。此溪若在山野，則宜逸民退士之所游；處在人間，則〔四〕可爲都邑之勝境，静者之林亭。而置州已來，無人賞愛。徘徊溪上，爲之悵然。乃疏鑿蕪穢，俾爲亭宇，植松與桂，兼之香草，以裨形勝。爲溪在州右，遂命之曰「右溪」。刻銘石上，彰示來者。

【校記】

〔一〕永泰大曆間道州任内作。〔二〕《全唐文》作「缺」，非。〔三〕明本及黄本均作「休」，此從《全唐文》。〔四〕明本及黄本均無「則」字，此從《全唐文》。

刺史廳記〔一〕

天下太平，方千里之内，生植齒類，刺史乃〔二〕存亡休慼〔三〕之係〔四〕。天下兵興，方千里之内，能保黎庶，能攘患難，在刺史爾〔五〕。凡刺史若無文武才略，若不清廉肅下，若不明惠公直，則一州生類，皆受其〔六〕害。於戲！自至此州，見井邑丘墟，生人幾盡，試問其故，不覺涕下。前輩刺史或有貪猥惛弱，不分是非，但以衣服飲食〔七〕爲事。數年之間，蒼生蒙以私欲侵奪，兼之公家驅迫，非姦〔八〕惡强富，殆無存者。問之耆老，前後刺史能恤養貧弱，專守法令，有徐公履道、李公廙而已。遍問諸公，善或不及徐李二公〔九〕，惡有不堪説者。故爲此記，與刺史作戒。自置州已來，諸公改授遷紬〔一〇〕年月，則舊記存焉。

【校記】

〔一〕《全唐文》題作「道州刺史廳壁記」。永泰大曆間道州任内作。〔二〕《全唐文》作「能」。〔三〕《全唐文》作「戚」。〔四〕《全唐文》脱「係」字。〔五〕《全唐文》作「耳」。〔六〕明本及黄本均作「灾」，此從《全唐文》。〔七〕《全唐文》作「飲食衣服」。〔八〕黄本作「奸」。〔九〕明本及黄本均無「二公」二字，此從《全唐文》。〔一〇〕《全唐文》作「黜」。

七泉銘并序〔一〕

道州東郭，有泉七穴，或吐於淵竇，或⿱敏泉方願反於嵌臼，皆澄流清漪，旋沿相奏。又有蘱石欹缺，爲之島嶼，殊怪相異，不可名狀。此邦豈世無好事者耶，而令自古荒之！乃修其水木，爲休暇之處。每至泉上，便思老焉。於戲！凡人心若清惠，而必忠孝，守方直，終不惑也。故命五泉：其一曰「潓惠泉」，次曰「㳬忠泉」，次曰「涍孝泉」、「汸甫亡反泉」、「淔株力反泉」。銘之泉上，欲來者飲漱其流，而有所感發者矣。留一泉命〔二〕曰「漫泉」，蓋欲自旌漫浪，不厭歡醉者也。一泉出山東，故命之曰「東泉」，引來垂流，更復殊異。各刻銘以記之。

【校記】

〔一〕永泰大曆間道州任内作。　〔二〕《全唐文》作「名」。

潓泉銘

於戲潓泉！清不可濁。惠及於物，何時竭涸？將引官吏，盥而飲之。清惠不已，泉乎吾規。

汸泉銘

古之君子，方以全道。吾命汸泉，方以終老。欲令圓者，飲吾汸泉。知圓非君子，能學方惡圓。

湞泉銘

曲而爲王，直蒙戮辱。寧戮不王，直而不曲。我頌斯曲，以命湞泉。將戒來世，無忘〔一〕直〔二〕焉。

【校　記】

〔一〕《全唐文》作「改」。　〔二〕《全唐文》及黄本均作「湞」。

淲泉銘

不爲人臣，老死山谷。臣於人者，不就污辱。我命淲泉，勸人事君。來漱泉流，願爲忠臣。

涍泉銘

沄沄洿泉，流清源深。堪勸人子，奉親之心。時世相薄，而日忘聖教。欲將斯泉，裨助純孝。

漫泉銘

誰愛漫泉？自成小湖。能浮酒舫，不没石魚。漫也叟稱，名泉何爲？旌叟於此，漫歡漫醉。

東泉銘

泉在山東，以東爲名。愛其懸流，溶溶在庭。作銘者何？吾意未盡。將告來世，無忘畎引。

五如石銘并序〔一〕

洿泉之陽，得怪石焉。左右前後及登石顛均有如似，故命之曰「五如石」。石皆有竇，竇中湧泉，泉詭異於七泉，故命爲「七勝泉」。石有雙目，一目命爲「洞井」，井與泉通，一目命爲「洞樽〔二〕」，樽可賍角居反酒。石尾有穴，有〔三〕如礲盧紅反者，又如瀧所江反者。泉可渟澄，匝石而流，入于〔四〕礲中，出而爲瀧。於戲！彼能異於此，安可不稱顯之？

銘曰：

五如之石，何以爲名？請悉狀之，誰爲我聽？左如旋龍，低首回顧。右如驚鴻，張翅未〔五〕去。前如飲虎，飲而蹲焉。後如怒黿，出洞登山。若坐于顛，石則如船〔六〕乘彼靈槎，在漢之間。洞井如鑿，淵然泉湧。澄瀾涵石，波〔七〕起如動。不旌尤異，焉用爲文？刻銘石上，於千萬春。

【校記】

〔一〕永泰大曆間道州任内作。〔二〕黄本作「尊」，下同。〔三〕明本、黄本均作「且」，此從《全唐文》。〔四〕《全唐文》無「于」字。〔五〕《全唐文》作「不」。〔六〕明本及黄本均無「船」字，此從《全唐文》。〔七〕明本及黄本均作「彼」，此從《全唐文》。

别崔曼序〔一〕

漫叟年將五十，與時世〔二〕不合，垂三十年。愛惡之聲，紛紛人間。博陵崔曼惑叟所爲，遊而辨之，數月未去。會潭州都督張正言薦曼爲屬邑長，將行，叟謂曰：「叟異時乃山林一病民耳，宜不相罔，行矣勿惑。吾子有才業，且明辯〔三〕，又方年少，必能樹勳庸，垂名聲。若求先達賢異能相拉拭，正在張公。張公往年在西域〔四〕，主〔五〕人能用其一言，遂開境〔六〕千里，威震〔七〕絶域，寵榮當世〔八〕。張〔九〕公往在淮南，逡巡指麾，萬夫風從，遭逢猜疑，弛而不爲。今海内兵革未息，張公必爲時用。吾子勉之！所相規者，所〔一〇〕宜緩步富貴，從容謀畫，少節酒平氣概耳。」

【校　記】

〔一〕永泰大曆間道州任内作。〔二〕《全唐文》無「世」字。〔三〕《全唐文》作「辨」。〔四〕明本及黄本均作「城」，此從《全唐文》。〔五〕黄本作「王」，誤。〔六〕明本及黄本均作「城」，此從《全唐文》。〔七〕《全唐文》作「振」。〔八〕明本及黄本均無「寵榮當世」句，此從《全唐文》。〔九〕《全唐文》無「張」字。〔一〇〕《全唐文》無「所」字。

浯溪銘有序〔一〕

浯溪在湘水之南，北匯于湘，愛其勝異，遂家溪畔。溪，世無名稱者也，爲自愛之，故命曰〔二〕「浯溪」。銘于溪口〔三〕，銘曰：

湘水一曲，淵洄傍山。山開石門，溪流潺潺。山開如何，巉巉雙石。臨淵斷崖〔四〕，夾溪絶壁。水實殊怪，石又尤異。吾欲求退，將老茲地。溪古荒溪〔五〕，蕪没蓋〔六〕久。命曰「浯溪」，旌吾獨有。人誰游〔七〕之，銘在溪口。

【校　記】

〔一〕疑大曆元年二年間作。　〔二〕《全唐文》無「曰」字，此從石刻拓本，明本同石刻。　〔三〕《全唐文》無「銘于溪口」句，此從石刻及明本。　〔四〕明本及黄本均作「岸」，此從石刻，《全唐文》同石刻。〔五〕《全唐文》及黄本均作「地荒」。　〔六〕《全唐文》及黄本均作「已」，此從石刻，明本同石刻。〔七〕《全唐文》作「知」，此從石刻，明本同石刻。

峿臺銘有序〔一〕

浯溪東北廿〔二〕餘丈，得怪石焉。周行三四百步〔三〕，從未申至丑寅。涯〔四〕壁斗絶，左屬回鮮。前有磴道，高八九十尺。下當洄潭，其勢礀〔五〕磳。半出水底，蒼然泛泛，若在波上。石顛〔六〕勝異之處，悉爲亭堂。小峰嵌竇，宜間〔七〕松竹，掩映軒户，畢皆幽奇。於戲！古人有〔八〕畜憤悶與病於時俗者，力不能築高臺以瞻眺，則必山顛〔九〕海畔，伸頸歌吟以自暢達。今取茲石，將爲峿臺，蓋非愁怨，乃所好也。銘曰：

湘淵清深，峿臺陗陵〔一〇〕。登臨長望，無遠不盡。誰厭朝市〔一一〕，羈牽局促。借君此臺，壹〔一二〕縱心目。陽厓〔一三〕礱琢，如瑾如珉。作銘刻之，彰示後人。

有唐大曆二年歲次丁未六月十五日刻〔一四〕。

【校記】

〔一〕明本無此篇，此據石刻拓本補入，而以《全唐文》及黄本校之。〔二〕《全唐文》及黄本「廿」作「二十」。〔三〕《全唐文》及黄本「三四百步」均作「三百餘步」。〔四〕《全唐文》作「厓」，黄本作「崖」。〔五〕黄本作「硱」。〔六〕《全唐文》及黄本並作「巔」。〔七〕黄本作「其間」。〔八〕黄本無「有」字。〔九〕《全唐文》作「巔」。〔一〇〕黄本作「陖」。〔一一〕黄本作「士」。〔一二〕黄本作「一」。〔一三〕黄本作「崖」。〔一四〕《全唐文》無刻石年月。

𢈈廎〔一〕銘并序〔二〕

浯溪之口有異石焉，高六十餘丈，周回〔三〕四十餘步。西面在江中〔四〕，東望峿臺，北面〔五〕臨大淵，南枕浯溪。𢈈廎〔六〕當乎石上，異木夾户，踈竹傍簷，瀛洲言无，由此可信。若在廎〔七〕上，目所厭者遠山清川，耳所厭者水聲松吹，霜朝厭者寒日，方暑厭者清風。於戲！厭，不厭也。厭猶愛也。命曰「庴廎〔八〕」，旌獨有也。銘曰：功名之伍〔九〕，貴得茅土。林野之客，所耽水石。年將五十，始有庴廎〔一〇〕。愜心自適，與世忘情。廎〔一一〕傍石上，篆刻此銘。

有唐大曆三年歲次戊申閏八月九日林雲刻〔一二〕。

【校　記】

〔一〕黄本作「亭」。〔二〕明本無此篇，此據石刻補入，而以《全唐文》及黄本校之。〔三〕《全唐文》及黄本均作「迴」。〔四〕《全唐文》及黄本均作「口」。〔五〕《全唐文》及黄本均無「面」字。〔六〕黄本作「亭」。〔七〕黄本作「亭」。〔八〕黄本作「亭」。〔九〕黄本作「位」。〔一〇〕黄本作「吾亭」。〔一一〕黄本作「亭」。〔一二〕《全唐文》無刻石年月及刻者姓名。

文編序〔一〕

天寶十二年，漫叟以進士獲薦，名在禮部。會有司考校〔二〕舊文，作《文編》納於有司。當時叟方年少，在顯名迹，切耻時人諂〔三〕邪以取進，姦亂以致身。徑欲填陷阱於方正之路，推時人於禮讓之庭，不能得之。故優游於林壑，怏恨於當世。是以所爲之文，可戒可勸，可安可順。侍郎楊公見《文編》，歎曰：「以上第汚元子耳，有司得元子是賴。」叟少師友仲行公，公聞之，諭叟曰：「於戲！吾嘗〔四〕恐直道絶而不續，不虞楊〔五〕公於子相續如縷。」明年，有司於都堂策問群士，叟竟在上第。爾來十五年矣，更經喪亂，所望全活，豈欲迹參戎旅，苟在冠冕，觸踐危機〔六〕，以爲榮利？蓋辭謝不免，未能逃命。故所爲之文，多退讓者，多激發者，多嗟恨者，多傷閔者。其意必欲勸之忠孝，誘以仁惠，急於公直，守其節分。如此非救時勸俗之所須者歟？叟在此州，今五年矣。地偏事簡，得以文史自娱。乃次第近作，合於舊編，凡二百三首，分爲十卷。復命曰「文編」，示門人子弟〔七〕，可傳之於筐篋〔八〕耳。叟之命稱，則著於《自釋》云，不録。時大曆二年〔九〕丁未中冬也。

【校記】

〔一〕大曆二年（七六七），明本無此篇，此據《全唐文》補入。〔二〕黄本作「挍」。〔三〕黄本作「襲」。〔四〕黄本作「常」。〔五〕黄本脱「楊」字。〔六〕黄本作「機危」。〔七〕黄本作「弟子」。〔八〕黄本作「篚」。〔九〕黄本作「三年」，誤。

讓容州表〔一〕

臣結言：臣伏奉今月二十二日敕，授臣使持節都督容州諸軍事，守容州刺史御史〔二〕中丞，充本管經略守捉使。四月十六日敕到，二十一日發付本道行營。臣實愚弱，謬當寄任，奉詔之日，不勝憂懼。臣結中謝〔三〕。臣聞孝於家者忠於國，以事君者無所隱。臣有至切，不敢不言。臣實一身，奉養老母，醫藥飲食，非臣不喜，臣蹔〔四〕違離，則憂悸成疾。臣又多病，近日加劇。前在道州，黽勉六歲，實無政理，多是假名，頻請停官，使司不許。今臣所屬之州，陷賊歲久，頹城古木，遠在炎荒。管内諸州，多未賓伏，行營野次，向十餘年。在臣一身，爲國展効，死當不避，敢憚艱危？但以老母念臣疾疹日久，時方大暑，南逾火〔五〕山，舉家漂泊，寄在湖上，單車將命，赴於賊庭。臣將就路，老母悲泣，聞者悽愴，臣心可知。臣欲扶持版輿，南之合浦，則老母氣力，艱〔六〕於遠行。臣欲奮不顧家，則母子之情，禽畜猶有。臣欲久辭老母，則又污辱名教；臣欲便不之官，又恐稽違詔命。在臣肝腸，如煎如灼〔七〕。昔徐庶心亂，先主不逼；令伯陳情，晉武允許。君臣國家，萬代爲規。伏惟陛下以孝理萬姓，慈育生類〔八〕，在臣情志，實堪矜愍。臣每讀前史，見吴起游宦，噬臂不歸，温嶠奉使，絶裾而去，常恨不逢斯人，使之殊死。臣所以冒犯聖旨，乞停今授，待罪私門，長得奉養，供給井税。臣之懇願，塵黷天威，不勝惶恐。謹遣某官奉表陳讓以聞〔九〕。

【校　記】

〔一〕大曆三年（七六八），明本無此篇，此據《全唐文》補入。　〔二〕黄本無「御史」二字。　〔三〕黄本無「臣結中謝」四字。〔四〕黄本作「暫」，同。〔五〕黄本作「大」。〔六〕黄本作「難」。〔七〕黄本作「燭」。〔八〕黄本作「民」。〔九〕《全唐文》無末句。

冰泉銘并序〔一〕

蒼梧郡城東二三里有泉焉，出在郭中，清而甘，寒若冰，在盛暑之候，蒼梧之人得救渴。泉與火山相對，故命之曰「冰泉」，以變舊俗。銘曰：

火山無火，冰泉〔二〕無冰。惟彼泉源〔三〕，甘寒可徵〔四〕。鑄金磨石，篆刻此銘。置之泉上，彰厥後生。

【校記】

〔一〕大曆三年（七六八）容州任内作。明本無此篇，《全唐文》收之，同治十三年史鳴皋修《梧州府志》録此銘，作《冰井銘》。〔二〕《梧州府志》作「井」。〔三〕《梧州府志》缺此句。〔四〕《梧州府志》作「凝」。

再讓容州表〔一〕

草土臣結言：伏奉四月十三日敕，以臣前在容州殊有理政，使司乞留，以遂人望，起復臣守金吾衛將軍，員外置同正員，兼御史中丞，使持節都督容州諸軍事，兼容州刺史，充本管經略守捉使，賜紫金魚袋。忽奉恩詔，心魂驚悸，哀慕悲感，不任憂懼。臣某中謝。臣聞苟傷禮法，妄蒙寄任，古人所畏，臣敢不懼？國家近年切惡薄俗，文官憂免，許終喪制。臣素非戰士，曾忝臺省，墨縗戎旅，實傷禮法。且容府陷没十二三年，管内諸州，多在賊境。臣前行營，日月甚淺，宣布聖澤，遠人未知。有何政能，得在人口，使司過聽，誤有請留。遂令朝廷隳紊法禁，至使愚弱穢污禮教。臣實不敢踐古人可畏之迹，辱聖朝委任之命，敢以死請，乞追恩詔。前者陛下授臣容州，臣正任道州刺史。臣身病母老，不敢辭謝。實爲道州地安，數年禄養，容州破陷，不宜辭避。臣以爲安食其禄，蹈危不免，此乃人臣之節。其時臣便奉表陳乞，以母老地遠，請解職任。陛下察臣懇至，追臣入朝。臣以爲不貽憂歎，榮及膝下人子之分。不圖恩敕未到，臣丁酷罰，哀號冤怨，無所追及。今陛下又奪臣情，禮授容州。臣遂行，則亡母旅櫬，歸葬無日，几筵漂寄，奠祀無主。捧讀詔書，不勝悲懼。臣舊患風疾，近轉增劇，荒忽迷忘，不自知覺。餘生殘喘，朝夕殞滅，豈堪金革，能伏叛人？特乞恩慈，允臣所請，收臣新授官誥，令臣終喪制，免生死羞愧，是臣懇願。臣今寄住永州，請刺史王庭瓌爲臣進表陳乞以聞。

【校記】

〔一〕大曆四年（七六九）。明本無此篇，此據《全唐文》補入。

東崖銘并序〔一〕

峿臺西面〔二〕，巇岆〔三〕高迴。在唐〔四〕亭爲東崖，下可行坐八九人，其爲形勝，與石門石屏，亦猶宮羽之相資也。銘曰：

峿臺蒼蒼，西崖雲端。亭午崖下，清陰更寒。可容枕席，何事不安？

【校記】

〔一〕疑大曆五年六年（七七〇至七七一）間家浯溪時作。明本缺載，《全唐文》及黃本收之。〔二〕黃本作「南」。〔三〕黃本作「支危」。〔四〕黃本作「峿」，非。

寒泉銘并序〔一〕

湘江西峰直平陽江口，有寒泉出於石穴。峰上有老木壽藤，垂陰泉上。近泉堪戙徒弄反維大舟，惜其蒙蔽，不可得見。蹢躅行循〔二〕，其水本無名稱也〔三〕，爲其當暑大寒，故命曰「寒泉」。銘曰：

於戲寒泉，瀛瀛江渚〔四〕。堪救渴暍，人不之知。時當大暑，江流若湯。寒泉一掬，能清心腸。誰謂仁惠，不在兹水？舟楫尚存，爲利未已。

【校　記】

〔一〕疑大曆五年六年（公元七七〇至七七一）間家浯溪時作。〔二〕明本原作「脩」，黄本作「修」，此從《全唐文》。〔三〕明本及黄本此句作「其水木泉無名稱也」，誤，此從《全唐文》。〔四〕《全唐文》作「湄」。

補遺

編者按：一九五五年，日本學者太田晶二郎《海陽泉帖考》一文，考證《全唐詩逸》中以《海陽泉》爲首的組詩是元結作品，繼有國内學者撰文對此观點表示支持。現據《全唐詩逸》日本文化元年（一八〇四）江湖詩社刊本補入，參校鮑廷博《知不足齋叢書》本。

海陽泉以下十三首得之藤原佐理真迹中，佐理仕天歷、安和朝，時與五代宋初相接，且味其聲調，流暢通快，必是唐中葉人所作

人誰無耽愛，各亦有所偏。於吾喜尚中，不厭千萬泉。誠知湟水曲，遠在南海壖。自從得海陽，便欲終老焉。怪石狀五岳，旋回枕深淵。激繁似涌雲，静同冰鏡懸。吾欲以海陽，跨於河洛間。使彼雲林客，來遊皆忘還。

曲石鼌第五、第八句俱缺一字

爲愛水石奇，不厭湖畔行。每登曲石鼌，則有遠興生。攲差半湖□，宛若龍象形。又如瑯琊臺，□盤枕滄溟。醉人入島來，將醉强爲醒。扣船復摇棹，學歌漁父聲。呼我上酒船，更深江海情。

望遠亭第五、第十二句俱缺一字

泛湖勞水戲，飲漱厭清瀾。來登望遠亭，心目又不閑。孤峰入座□，高嶺横前軒。更復歡長風，蕭寥窗户間。外物能擾人，吾將息其端。歸來湖中館，□户聊自安。

石上閣

水石引我去，南湖復東壑。不厭隨竹陰，來登石上閣。磴道通石門，攲崖斷如鑿。飛梁架峰頭，夭矯虹霓若。下視竹木杪，仰見懸泉落。水聲兼松吹，音響參衆樂。時時爲霧雨，飄灑濕簾箔。吾欲棄簪纓，於兹守寂〔一〕寞。

【校　記】

〔一〕「寂」，江湖詩社刊本作「活」，據《知不足齋叢書》本改。

同前第三、第十五句俱缺一字

石上構層閣，便以石爲柱。千載□棟梁，豈有傾〔一〕危懼。苔壁絶人蹤，虹橋横鳥路。攀涉愜所懷，幽奇未嘗遇。迥然半空裏，物象競相助。雲外見孤峰，林端懸瀑布。引望無不通，兹焉倍多趣。徒□欲忘歸，衣裳濕烟霧。

【校記】

〔二〕「傾」，《知不足齋叢書》本無。

海陽湖

吾漲海陽泉，以爲海陽湖。千峰在水中，狀類皆自殊。有如三神山，蒼蒼海上孤。又似洲島中，忽然見龍魚。引船過石間，隨興得所如。每有愜心處，沉吟復躊躇。吾恐天地間，怪異如此無。

同前缺第四句

閑遊愛湖廣，湖廣叢怪石。回合萬里勢，□□□□□。緑動若無底，波澄涵雲碧。鎔水復何如，昆池吾不易。兹境多所尚，親鄰道與釋。外望雖異門，中間不相隔。開鑿盡天然，智者留奇迹。我願長此遊，誰言一朝夕。

磐石

海陽泉上山，巉巉盡殊狀。忽然有平石，盤薄千峰上。寒泉匝石流，懸注幾千丈。有時厭泉湖，愛臨一長望。意出天地間，因爲逸民唱。

同前第四句缺二字，第十句缺四字

下山復上山，山勢淩雲空。有石圓且平，疑是□□功。清淺繞細泉，陰森倚長松。幙幙生青苔，亭亭對遠峰。朝來暮未歸，愛□□□□。

湖下溪第三句缺三字，第五句缺一字

海陽湖下溪，夾峰多異石。數步□□□，溶溶似雲白。竹陰入□裹，更覺溪已碧。吾欲漱斯流，長爲避時客。

同前

湖水下爲溪，溪小趣更幽。窈窕林中回，清冷石上流。掩映成碧潭，遊戲見白鷗。岸傍古樹根，往往疑潛虯。野情隨所適，世事何沉浮。

夕陽洞

順山高幾許，亭亭似人蹲。左右自回抱，抱中有清源。異石匝階墀，巉巉快四軒。憑几見城邑，一峰當石門。自從得兹洞，愛之忘朝昏。吾欲老於此，便爲海陽人。誰爲高世者，與我能修鄰。

遊海門峽

第九句缺一字，篇末缺數句

沿流二十里，始到海門山。仰視見兩崖，有如萬蓋懸。逐上幾千仞，猶未窮絶顛。上有外士家，半岩得湖泉。湖□昏且來，意其通海焉。忽此見靈怪，踟躕不能旋。開襟當海風，目送歸海船。恨不到羅浮，丹溪尋列仙。遺恨常（下缺）。

元集附録一

元次山居武昌之樊山一作「上」新春大雪以詩問之

孟彦深字士源

江山十日雪，雪深江霧濃。起來望樊山，但見群玉峰。林鶯却不語，野獸翻有蹤。山中應大寒，短褐何以完一作「安」。皓氣凝書帳，清著釣魚竿。懷君欲進謁，谿滑渡舟難。

贈元容州

劉長卿字文房

擁旌臨合浦，上印卧長沙。海徼長無戍，湘山獨種畬。政傳通歲貢，才惜過年華。萬里依孤劍，千峰寄一家。累徵期旦暮，未起戀烟霞。避世歌芝草，休官醉菊花。舊遊如夢裏，此别是天涯。何事滄波上，漂漂逐海槎。

同元使君春陵行有序　黄鶴注：此當大曆二年在夔州作

杜　甫字子美

覽道州元使君結《春陵行》兼《賊退後示官吏作》二首，志之曰：當天子分憂之地，效漢官舊作「朝」良吏之目一作「日」。今盜賊未息，知民疾苦，得結輩十數公，落落然參錯天下爲邦伯，萬物吐一作「姓壯」氣，天下少一作「小」安可得一作「待」矣一作「已」。不意復見比興體制，微婉頓挫之詞，感而有詩，增諸卷軸，簡知我者，不必寄元一作「云」。

遭亂髮盡一作「遽」白，轉衰病相嬰一作「縈」。沉緜盜賊際，狼狽江漢行。歎時藥力薄，爲客羸瘵成。吾人詩家秀一作「流」，博采世上名。粲粲元道州，前聖畏後生。觀乎舂陵作，欻見俊哲情。復覽賊退篇，結也實國楨。賈誼昔流慟，匡衡常一作「嘗」引經。道州憂一作「哀」黎庶，詞氣浩縱横。兩章對秋月一作「水」，一字偕一作「皆」華星。致君唐虞際，純一作「淳」樸憶一作「意」大庭。何時降璽書，用爾爲丹青公卿者，神化之丹青。獄訟永一作「久」衰息，豈唯偃甲兵。悽惻念誅求，薄斂近休明。乃知正人意，不苟飛長纓。涼颸振南岳一作「嶽」，之子寵若驚。色阻一作「沮」金印大，興含滄浪一作「溟」清。我多長卿病，日夕思朝廷。肺枯渴太甚，漂泊公孫城。呼兒具紙筆，隱几臨軒楹。作詩呻吟內，墨澹一作「淡」字欹傾。感彼危苦詞，庶幾知者聽。

題浯溪石

皇甫湜字持正，元和中進士

次山有文章，可惋只在碎。然長於指叙，約潔有餘態。心語適相應，出句多分外。於諸作者間，拔戟成一隊。中行雖富劇，粹美若一作「君」可蓋。子昂感遇佳，未若君雅裁。退之全而神，上與千載對。李杜才海翻，高下非可概。文與一作「於」一氣間，爲物莫與大。先王路不荒，豈不仰吾輩？石屏立衙衙，溪口揚素瀨。我思何人知，徙倚如有待。

復游浯溪

元友讓元結幼子

昔到纔三歲，今來鬢已蒼。剥苔看篆字，薙草覓書堂。引客登臺上，呼童掃樹旁。石渠疏擁水，門徑斷蓁篁。田地潛更主，林園盡廢荒。悲涼問耆耋，疆界指垂楊。

後浯溪銘

王邕天寶間進士

巋然峿臺，枕於祁陽。迥然楚方，臨於瀟湘。孤標一峰，不止百尺。嵯峨巨峻，□潔堪礪。英才别業，雅有儒風。河南元公，高卧其中。位爲獨坐，人不知貴。興愜茲地，心閑勝事。松花對偃，薜葉交垂。鑿巘作逵，因泉漲池。乃構竹亭，乃葺茅宇。群書當户，靈藥映圃。嘉賓駐舟，愛子能文。弄琴對雲，酒熟蘭薰。何必磻溪，方可學釣？何必衡嶠，方可長嘯？我牧此郡，契於幽尋。刻銘山岑，敢告烟林。（《全唐文》卷三五六）

道州刺史廳壁《全唐文》無「壁」字，此從《呂衡州集》後記

呂　温字和叔

壁記，非古也。若冠綬命秩之差，則有格令在；山川風物之辨，則有圖牒在。所以爲之記者，豈不欲述理道，列賢不肖以訓于後，庶中人以上得化其心焉？代之作者，率異于是。或誇學名數，或務工爲文。居其官而自記者則媚己，不居其官而代人記者則媚人。春秋之旨，蓋委地矣。賢二千石河南元結，字次山，自作《道州刺史《呂衡州集》無「刺史」二字，此從《全唐文》廳事記》，既《呂衡州集》無「既」字，此從《全唐文》彰善而不黨，亦《呂衡州集》無「亦」字，此從《全唐文》指惡而不誣。直舉胸臆，用爲鑒戒，昭昭吏師，長在屋壁。後之貪虐放肆，以生人爲戲者，獨不愧於心乎？予自幼時讀《循吏傳》，慕其爲人，以爲士大夫立名於代，無以高此。前年冬，由尚書刑部郎中出爲此州，雖苦《全唐文》作「履」，此從《呂衡州集》劇自課，而未能逮其意也。往刺史有許子良者，輒移元次山記于北牖下，而以其文代之。後亦有時號君子之清者涖此，熟視焉而莫之改，豈是非之際如是其難乎？予也魯，安知其他？即《全唐文》作「則」，此從《呂衡州集》命圬而書之，俾復其舊，且爲後記，以廣次山之志云。（《呂衡州文集》卷十，並見《全唐文》卷六二八）

修浯溪記

韋　辭字踐之

元公再臨道州，有嫗伏活亂之恩，封部歌吟，旁浹於永，故去此五十年而俚俗猶知敬慕。凡琴堂水齋，珍植嘉卉，雖欹傾荒翳，終樵採不及焉。仁聲之感物也如此。今年春，公季子友讓，以遜敏知治術，爲觀察使袁公所厚，用前寶鼎尉假道州長史。路出亭下，維舟感泣，以簡書程責之不遑也。乃罄撤資俸，託所部祁陽長豆盧□□□□□□原闕六字歸，喜獲私尚。會余亦以恩例自道州司馬移佐江州，帆風櫼流，相□□□□□□原闕六字畢。寶鼎竦然曰：「茲亭創治之始，既銘於崖側矣。至於水石之季，賦詠所及，則家集存焉。然自空闃，時餘四紀，士林經過，篇翰相屬。今圬墁移舊，手筆亡矣，將編於左方，用存此亭故事。既適相會，盍爲志焉。」余嘉其損約貧寓，而能以章復舊志爲急，思有以白之，故不得用質俚辭命。元和十三年十二月六日江州員外司馬韋辭記。（《全唐文》卷七一七）

元集附録二

唐故容州都督兼御史中丞本管經略使元君表墓碑銘并序

唐　顔真卿字清臣

嗚呼，可惜哉元君！君諱結，字次山，皇家忠烈、義激文武之直清臣也。蓋後魏昭成皇帝孫曰常山王遵之十二代孫。自遵七葉，王公相繼，著在惇史。高祖善禕，皇朝尚書都官郎中、常山郡公。曾祖仁基，朝散《四部叢刊》景印明錫山安氏館刊本《顔魯公文集》作「請」，此從《全唐文》大夫、褒信令，襲常山公。祖利貞，霍王府參軍，隨鎮改襄州。父延祖，清淨恬儉，歷魏成主簿、延唐丞。思閒，輒自引去，以魯縣商餘山多靈藥，遂家焉。及終，門人謚曰太先生。寶應元年，追贈左贊善大夫。君聰悟宏達，倜儻而不羈。十七始知書，乃授《顔魯公文集》作「受」學於宗兄先生《顔魯公文集》無「先生」二字德秀。常著《説楚賦》三篇，中行子蘇源明駭之，曰：「子居今而作真淳之語，難哉！然世自澆浮，何傷元子？」天寶十二載舉進士，作《文編》。禮部侍郎陽浚曰：「一第污元子耳，有司得元子是賴。」遂登高第。及羯胡首亂，逃難於猗玗洞，因招集鄰里二百餘家奔襄陽，玄宗異而徵之。值君移居瀼《顔魯公文集》作「讓」，誤溪，乃寢。

乾元二年，李光弼拒史思明於河陽，肅宗欲幸河東，聞君有謀略，虛懷召問。君悉陳兵勢，獻《時議》三《顔魯公文集》作「二」，誤篇。上大悦曰：「卿果破朕憂。」遂停。乃拜君左《顔魯公文集》作「右」，誤金吾兵曹，攝監察御史，充山南東道節度參謀，仍於唐鄧汝蔡等州招緝《顔魯公文集》作「拓輯」義軍。山棚高晃等率五千餘人，一時歸附，大壓賊境，於是思明挫鋭不敢南侵。前是泌南戰士積骨者，君悉收瘞，刻石立表，命之曰「哀邱」。將吏感焉，無不勇勵。璽書頻降，威望日崇《顔魯公文集》作「隆」。時張瑾殺史翽於襄州，遣使請罪，君爲奏聞《顔魯公文集》作「聞奏」，特蒙嘉納，乃真拜君監察，仍授部將張遠帆《顔魯公文集》脱「帆」字、田瀛等十數人將軍。屬荆南有專殺者吕諲爲節度使，諲辭以無兵。上曰：「元結有兵在泌陽。」乃拜君水部員外郎，兼殿中侍御史，充諲節度判官。君起家十月，超拜至此，時論榮之。屬道士申泰芝誣湖南防禦使龐承鼎謀反，並判官吴子宜等皆被決殺，推官嚴郢坐流，俾君按覆。君建明承鼎，獲免者百餘家。及諲卒，淮西節度使王仲鼎爲賊所擒，裴茂與來瑱交惡，遠近危懼，莫敢誰何《顔魯公文集》脱「誰何」二字。君知節度觀察使事，經八月，境内晏然。今上登極，節度使留後者例加封邑，君遜讓不受，遂歸養親。特蒙褒奬，乃拜著作郎。遂家於武昌之樊口，著《自釋》以見意。其略曰：「少習静於商餘山，著《元子》十卷。兵起，逃難於猗玕洞，著《猗玕子》三篇。將家瀼濱，乃自稱『浪士』，著《浪説》七篇。及爲郎時，人以浪者亦漫爲官乎，遂見呼爲『漫郎』，著《漫記》七篇。及家樊上，漁者戲謂之『聱叟』闕八字。又以君漫浪於人間，或謂之『漫叟』《顏魯公文集》脱以上二句。」歲餘，上以君居貧，起家爲道州刺史。州爲西原賊所陷，人十無一，户纔滿千。君下車行古人之政，二年間，歸者萬餘家，賊亦懷畏《顏魯公文集》脱「畏」字，不敢來犯。既受代，百姓詣闕請立生祠，仍乞再留觀察使。奏課第一，轉容府都督，兼侍御史，本管經略使，仍請禮部侍郎張謂作《甘棠頌》以美之。容府自艱虞以來，所管皆固拒山谷，君單車《顏魯公文集》作「軍」，誤入洞，親自撫諭，六旬而收復八州。丁陳郡太夫人憂，百姓詣使請留。大曆四年夏四月拜左金吾衛將軍，兼御史中丞，管使如故。君矢死陳乞者再三，優詔褒許。七年正月，朝京師，上深禮重，方加位秩，不幸遇疾，中使臨問者相望。夏四月庚午，薨於永崇坊之旅館，春秋五十，朝野震悼焉。二子以方、以明，能世其業，名雖著而官未立。以其年冬十一月壬寅，虔葬君於魯山青嶺泉陂原，禮也。嗚呼！君，其心古，其行古，其言古，躬《顏魯公文集》作「身」，誤是三者而見重於今。雖擁旄麾幢，總戎於五嶺之下，彌綸秉憲，對《顏魯公文集》脱「對」字越於九重之上，不爲不遇。然以君之才之德之美，竟不得專政方面，登翼泰階而感激者，不能《顏魯公文集》脱「者不能」三字不爲之太息也。君雅好山水，聞有勝絶，未嘗不枉路登覽而銘贊之。感中行見知之恩，及亡，至今分宅以恤其子，其不逾也多此類。中書舍人楊炎、常袞皆作碑誌以抒君之志業。故吏大足《顏魯公文集》作「曆」令劉衮、江華令瞿令問，故將張滿、趙温、張協、王進興《顔魯公文集》無「興」字等，感念恩舊，皆《顔魯公文集》無「皆」字送哭以終葬《顔魯公文集》作「喪」。竭資礱石，願垂美以述誠。真卿不敏，常忝次山風義之末，尚存畫往，敢廢無媿之辭。銘曰：

次山斌斌，王之藎臣。義烈剛勁，忠和儉勤。炳文華國，孔武寧屯。率性方直，秉心真純。見危不撓，臨難遺身。允矣《顔魯公文集》脱「矣」字全德，今之古人。奈何清賢，素志莫伸。群士立表，垂聲不泯。

元結傳

宋　宋　祁字子京

元結，後魏常山王遵十五代孫。曾祖仁基，字惟固，從太宗征遼東，以功賜宜君田二十頃，遼口并馬牝牡各五十，拜寧塞令，襲常山公。祖亨，字利貞，美姿儀，嘗曰：「我承王公餘烈，鷹犬聲樂是習，吾當以儒學易之。」霍王元軌聞其名，辟參軍事。父延祖，三歲而孤，仁基敕其母曰：「此兒且祀我。」因名而字之。逮長不仕，年過四十，親婭彊勸之，再調春陵丞，輒棄官去，曰：「人生衣食，可適饑飽，不宜復有所須。」每灌畦掇薪，以爲「有生之役，過此吾不思也」。安禄山反，召結戒曰「而遭逢世多故，不得自安山林，勉樹名節，無近羞辱」云。卒年七十六，門人私謚曰太先生。結少不羈，十七乃折節向學，事元德秀。天寶十二載舉進士，禮部侍郎陽浚見其文，曰：「一第慁子耳，有司得子是賴。」果擢上第，復舉制科。會天下亂，沈浮人間。國子司業蘇源明見肅宗，問天下士，薦結可用。時史思明攻河陽，帝將幸河東，召結詣京師，問所欲言。結自以始見軒陛，拘忌諱，恐言不悉情，乃上《時議》三篇。其一曰：議者問：「往年逆賊，東窮海，南淮漢，西抵函秦，北徹幽都，醜徒狼扈在四方者，幾百萬，當時之禍可謂劇，而人心危矣。天子獨以匹馬至靈武，合弱旅，鉏强寇，師及渭西，曾不踰時，摧鋭攘凶，復兩京，收河南州縣，何其易邪？乃今河北姦逆不盡，山林江湖，亡命尚多，盗賊數犯州縣，百姓轉徙，踵繫不絶，將士臨敵而奔，賢人君子，遁逃不出。陛下往在靈武、鳳翔，無今日勝兵而能殺敵，無今日檢禁而無亡命，無今日威令而盗賊不作，無今日財用而百姓不流，無今日爵賞而士不散，無今日朝廷而賢者思仕，何哉？將天子能以危爲安，而忍以未安忘危邪？」對曰：「此非難言之。前日天子恨愧陵廟爲羯逆傷汙，憤悵上皇南幸巴蜀，隱悼宗戚見誅，側身勤勞，不憚親撫士卒，與人權位，信而不疑，渴聞忠直，過弗諱改。此以弱制彊，以危取安之繇也。今天子重城深宫，燕和而居；凝冕大昕，纓佩而朝；太官具味，視時而獻；太常備樂，和聲以薦；國機軍務，參籌乃敢進；百姓疾苦，時有不聞；厩芻良馬，宫籍美女，輿服禮物，休符瑞諜，日月充備；朝廷歌頌盛德大業，聽而不厭；四方貢賦，爭上尤異；諧臣顛官，怡愉天顔；文武大臣，至於庶官，皆權賞踰望。此所以不能以彊制弱，以未安忘危。若陛下視今日之安，能如靈武時，何寇盜强弱可言哉？」其二曰：議者曰：「吾聞士人共自謀：『昔我奉天子，拒凶逆，勝則國家兩全，不勝則兩亡，故生死決於戰，是非極於諫。今吾名位重，財貨足，爵賞厚，勤勞已極，外無仇讎害我，内無窮賤迫我，何苦當鋒刃以近死，忤人主以近禍乎？』又聞曰：『吾州里有病父老母，孤兄寡婦，皆力役乞丐，凍餒不足，况於死者，人誰哀之？』又聞曰：『天下殘破，蒼生危窘，受賦與役者，皆寡弱貧獨，流亡死徙，悲憂道路，蓋亦極矣。天下安，我等豈無畎畝自處？若不安，我不復以忠義仁信方直死矣。』人且如此，奈何？」對曰：「國家非欲其然，蓋失於太明太信耳。夫太明則見其内情，將藏内情，則罔惑生，不能令必信，信可必矣。而太信之中，至姦尤惡之。如此遂使朝廷亡公直，天下失忠信，蒼生益冤結。將欲治之，能無端由？吾等議於野，又何所及？」其三曰：議者曰：「陛下思安蒼生，滅姦逆，圖太平，勞心悉精，於今四年。説者異之，何哉？」對曰：「如天子所思，説者所異，非不知之。凡有詔令丁寧，事皆不行，空言一再，頗類諧戲。今有仁恤之令，憂勤之誥，人皆族立黨議，指而議之。天子不知其然，以爲言雖不行，猶足以勸。彼沮勸，在乎明審精當而必行也。天子能行已言之令，必將來之法，雜徭弊制，拘忌煩令，一切躅蕩，任天下賢士，屏斥小人，然後推仁信威令，謹行不惑。此帝王常道，何爲不及？」帝悦曰：「卿能破朕憂。」擢右金吾兵曹參軍，攝監察御史，爲山南西道節度參謀，募義士於唐鄧汝蔡，降劇賊五千，瘗戰死露胔於泌南，名曰「哀丘」。史思明亂，帝將親征，結建言「賊鋭不可與争，宜折以謀」。帝善之，因命發宛、葉軍挫賊南鋒，結屯泌陽守險，全十五城。以討賊功，遷監察御史裏行。荆南節度使吕諲請益兵拒賊，帝進結水部員外郎，佐諲府，又參山南東道來瑱府。時有父母隨子在軍者，結説瑱曰：「孝而仁者，可與言忠。信而勇者，可以全義。渠有責其忠信義勇而不勸之孝慈邪？將士父母宜給以衣食，則義有所存矣。」瑱納之。瑱誅，結攝領府事。會代宗立，固辭，丐侍親歸樊上。授著作郎。益著書，作《自釋》曰：「河南，元氏望也。結，元子名也。次山，結字也。世業載國史，世系在家諜。少居商餘山，著《元子》十篇，故以『元子』爲稱。天下兵興，逃亂入猗玗洞，始稱『猗玗子』。後家瀼濱，乃自稱『浪士』。及有官，人以爲浪者亦漫爲官乎，呼爲『漫郎』。既客樊上，漫遂顯。樊左右皆漁者，少長相戲，更曰『聱叟』。彼誚以聱者，爲其不相從聽，不相鉤加，帶笭箵而盡船，獨聱齖而揮車。酒徒得此，又曰：『公之漫，其猶聱乎？公守著作，不帶笭箵乎？又漫浪於人間，得非聱齖乎？公漫久矣，可以漫爲叟。』於戲！我不從聽於時俗，不鉤加於當世，誰是聱者，吾欲從之。彼聱叟不慙帶乎笭箵，吾又安能薄乎著作？彼聱叟不羞聱齖於鄰里，吾又安能慙漫浪於人間？取而醉人議，當以『漫叟』爲稱。直荒浪其情性，誕漫其所爲，使人知無所存有，無所將待。乃爲語曰：『能帶笭箵，全獨而保生。能學聱齖，保宗而全家。聱也如此，漫乎非邪？』」久之，拜道州刺史。初，西原蠻掠居人數萬去，遺户裁四千，諸使調發符牒二百函，結以人困甚，不忍加賦，即上言：「臣州爲賊焚破，糧儲屋宅，男女牛馬幾盡。今百姓十不一在，耄孺騷離，未有所安。嶺南諸州，寇盜不盡，得守捉候望四十餘屯，一有不靖，湖南且亂。請免百姓所負租稅及租庸使和市雜物十三萬緡。」帝許之。明年，租庸使索上供十萬緡，結又奏「歲正租庸外，所率宜以時增減」。詔可。結爲民營舍給田，免徭役，流亡歸者萬餘。進授容管經略使，身諭蠻豪，綏定八州。會母喪，人皆詣節度府請留，加左金吾衞將軍。民樂其教，至立石頌德。罷還京師，卒，年五十，贈禮部侍郎。（《新唐書》卷一四三列傳六十八）

容州經略使元結文集後序

唐李商隱字義山

次山有《文編》，有《後《全唐文》作「詩」集》，有《元子》，三書皆自爲之序。次山見譽《全唐文》作「舉」于公《全唐文》無「公」字弱夫蘇氏，始有名。見取于公浚楊公，始得進士第。見憎于第五琦、元載，故其將兵不得授，作官不至達。母老不得盡其養，母喪不得終其哀，間二十年。其文危苦激切，悲憂酸傷于性命之際。自《古《全唐文》作「占」心經》已下若干篇，是外曾孫遼東李惲辭收得之，聚爲《元文後編》。次山之作，其綿遠長大，以自然爲祖，元氣爲根，變化移易之。太虛無狀，大賁無色，寒暑攸出，鬼神有職。南斗北斗，東龍西虎，方嚮物色，欻何從生？啞鐘復鳴，黄雉變雄，山相朝捧，水信潮汐。若大壓然不覺其興，若大醉然不覺其醒。其疾怒急擊，快利勁果，出行萬里，不見其敵。高歌酣顔，入飲于朝，斷章摘句，如振《全唐文》作「娠」始生。狼子豹孫，競于跳走，剪餘斬殘，程露血脈。其詳緩柔潤，壓抑趨儒，如以一國買人一笑，如以萬世換人一朝。重屋深宮，但見其脊；牽綍長河，不知其載。死而更生，夜而更明，衣裳鍾石，雅在宫藏。其正聽嚴毅，不滓不濁，如坐正人，照彼佞者。子從其翁，婦從其姑。豎麾爲門，懸木爲牙，張蓋乘車，屹不敢入。將刑斷死，帝不得赦。其碎細分擘，切截纖顆，如墜地碎，若大咽餘。鋸取朽蠹明本原作「靈」，此從《全唐文》。櫟蟒出毒，刺眼楚齒，不見可視。顧顛蹈錯雜，汙瀦傷損，如在危處，如出《全唐文》作「在」夢中。其總旨會源，條綱正目，若國大治，若年大熟。若明本原無「若」字，此據《全唐文》補入君君堯舜，人人羲皇，上之視下，不知有尊；下之望上，不知有篡。辮頭鑿齒，扶服臣僕，融風彩露，飄零委落。耋老者在，童齓《全唐文》作「齔」者蕃。邪人佞夫，指之觸之，薰薰熙熙，不識其故。吁！不得盡其極也。而論者徒曰次山不師孔氏爲非，嗚呼！孔氏于道德仁義外有何物？百千萬年，聖賢相隨于塗中耳。次山之書曰：「三皇用真而恥聖，五帝用聖而恥明，三王明本原作「皇」，此從《全唐文》用明而恥察。」嗟嗟此書，可以無乎明本原作「書」，此從《全唐文》！孔氏固聖矣，次山安在其必師之邪？

元次山集序

明 湛若水字元明

史若水曰：自吾得元子而文思益古。夫太上有質而無文，其次有質而有文，其次文浮其質。文浮其質，道之敝也。故林放問禮之本，孔子大之。物之生也，先質而後文。故質也者，生乎天者也；文也者，生乎人者也。質也者，先天而作者也；文也者，後天而述者也。故人之於斯文也，不難於文而難於質，不難於華而難於朴，不難於巧而難於拙。余自北遊，觀藝於燕冀之都，得元子而異焉。欲質不欲野，欲朴不欲陋，欲拙不欲固，卓然自成其家者也。唐之大家，風斯下矣。其髮髮乎中古而不已矣乎？其泯而不傳，將文末之世爾矣乎？兩廣總戎、太保、武定侯郭公世臣，武而好文，余謂之元子，公讀之，若有契焉，曰：「嗟嗟次山，浩然剛大，憤世疾邪者也。安得百十次山以噴俗爾？獨文乎哉！」遂以余本次而刻之，俾余叙其説云爾。

正德丁丑孟冬十有三日賜進士出身翰林院編修國史經筵官湛若水書于西樵之烟霞洞。

元集附録三

諸家論元

一、唐杜甫《同元使君舂陵行》，有「粲粲元道州，前聖畏後生。觀乎舂陵作，欻見俊哲情。復覽賊退篇，結也實國楨」，及「道州憂黎庶，詞氣浩縱横。兩章對秋月，一字偕華星」等語。其序又有「今盜賊未息，知民疾苦，得結輩十數公，落落然參錯天下爲邦伯，萬物吐氣，天下少安可得矣」等語。全詩并序見本集附録一

二、唐顔真卿《元君表墓碑銘》，有「其心古，其行古，其言古，躬是三者而見重於今。雖擁旄幢，總戎於五嶺之下，彌綸秉憲，對越於九重之上，不爲不遇。然以君之才之德之美，竟不得專政方面，登翼泰階而感激者，不能不爲之太息也」等語。其銘又有「次山斌斌，王之藎臣。義烈剛勁，忠和儉勤。炳文華國，孔武寧屯。率性方直，秉心真純。見危不撓，臨難遺身。允矣全德，今之古人」等語。全文見本集附録二

三、唐吕温《道州刺史廳壁後記》，有「賢二千石河南元結，字次山，自作《道州廳事記》，彰善而不黨，指惡而不誣。直舉胸臆，用爲鑒戒，昭昭吏師，長在屋壁。後之貪虐放肆，以生

人爲戲者，獨不愧於心乎」等語。全文見本集附録一

四、唐韓愈《送孟東野序》有云：「唐之有天下，陳子昂、蘇源明、元結、李白、杜甫、李觀，皆以其所能鳴。」

五、唐皇甫湜《題浯溪石》詩，有「次山有文章，可惋只在碎。然長於指叙，約潔有餘態。心語適相應，出句多分外。於諸作者間，拔戟成一隊」等語。全詩見本集附録一

六、唐韋辭或作「詞」《修浯溪記》，有「元公再臨道州，有嫗伏活亂之恩，封部歌吟，旁浹於永，故去此五十年而俚俗猶知敬慕」等語。全文見本集附録一

七、唐裴敬《翰林學士李公墓碑》：「唐朝以詩稱，若王江寧昌齡、宋考功之問、韋蘇州應物、王右丞維、杜員外甫之類。以文稱者，若陳拾遺子昂、蘇司業源明、元容州結、蕭功曹穎士、韓吏部愈之類。以德行稱者，元魯山德秀、陽道州城。唐之得人，於斯爲盛。翰林李白其以詩稱之一也。」《全唐文》卷七六四

八、唐李商隱《元結文集後序》，有「其文危苦激切，悲憂酸傷于性命之際」，及「次山之作，其綿遠長大，以自然爲祖，元氣爲根」等語。全文見附録二

九、宋歐陽修《集古録》卷七「唐元次山銘」條云：「唐自太宗致治之盛，幾乎三代之隆，而惟文章獨不能革五國之弊「五國」二字一作「陳隋」。既久而後韓柳之徒出。蓋習俗難變，而文

章變體又難也。次山當開元天寶時獨作古文，其筆力雄健，意氣超拔，不減韓之徒也十二字一作「雖少雄健而意氣不俗亦」，可謂特立之士哉！」

又《集古録》卷七「元結窪罇一作「尊」銘」條云：「次山，喜名之士也。其所有爲，惟恐不異於人。所以自傳於後世者，亦惟恐不奇而無以動人之耳目也。視其辭翰，可以知矣。古之君子誠恥於無聞，然不如是之汲汲也。」

又《集古録》卷七「唐元結陽華巖銘」條云：「元結，好奇之士也。其所居山水，必自名之，惟恐不奇。而其文章用意亦然，而氣力不足，故少遺韻一無此上九字。君子之欲著於不朽者，有諸其内而見於外者，必得於自然。顔子蕭然，卧於陋巷，人莫見其所爲，而名高萬世，所謂得之自然也。結之汲汲於後世之名，亦已勞矣。」

十、宋秦觀《淮海集》卷二《漫郎詩》：「元公機鑒天所高，中興諸彦非其曹。自呼漫郎示直率，日與聱叟爲嬉遨。是時胡星殞未久，關輔擾擾猶弓刀。百里不聞易五羖，三士空傳殺二桃。心知不得載行事，俛首刻意追風騷。字皆華星章對月，漏泄元氣煩揮毫。猗玗春深茂花竹，九疑日暮吟哀猱。紅顔白骨付清醥，一官於我真鴻毛。乃知達人妙如水，濁清顯晦惟所遭。無時有禄亦可隱，何必龕巖遠遁逃？」

十一、宋黄庭堅《豫章黄先生集》卷八《書磨崖碑後》：「春風吹船著浯溪，扶藜上讀中興碑。

平生半世看墨本，摩挲石刻鬢成絲。明皇不作苞《四部叢刊》景印宋乾道刊本《豫章黄先生文集》作「包」桑計，顛倒四海由禄兒。九廟不守乘輿西，萬官已作烏擇栖。撫軍監國太子事，何乃趣取大物爲。事有至難天幸爾，上皇蹐蹐還京師。内間張后色可否，外間李父頤指揮。南内淒涼幾苟活，高將軍去事尤危。臣結春陵《豫章黄先生文集》「春陵」作「春秋」二三策，臣甫杜鵑再拜詩。安知忠臣痛至骨，世上但賞瓊琚詞。同來野僧六七輩，亦有文士相追隨。斷崖蒼蘚對立久，凍雨爲洗前朝悲。」

十二、宋范成大《石湖居士詩集》卷十三《書浯溪中興碑後》，其序云：「乾道癸巳春三月，余自西掖出守桂林。九日，渡湘江，游浯溪，摩挲中興石刻，洎唐元和至今遊客所題。竊謂四詩各有定體，頌者美盛德之形容，以其成功告於神明者也，商周魯之遺篇可以概見。今元子乃以魯史筆法，婉辭含譏，蓋之而章，後來詞人復發明呈露之則。夫磨崖之碑乃一罪案，何頌之有？竊以爲未安，題五十六字刻之石傍，與來者共商略之。此詩之出，必有相訴病者，謂不合題破次山碑。此亦習俗固陋，不能越拘攣之見耳。余義正詞直，不暇恤也。」其詩云：「三頌遺音和者希，豐容寧有刺譏辭。絶憐元子春秋法，都寓唐家清廟詩。歌詠當諧琴搏拊，策書自管璧瑕疵。紛紛健筆剛題破，從此磨崖不是碑。」

十三、宋葛立方《韻語陽秋》卷六云：「元結刺道州，承兵賊之後，徵率煩重，民不堪命，作《春陵行》，其末云：『何人采國風，吾欲獻此詩。』以傳考之，結以人困甚，不忍加賦，嘗奏免税租及和市雜物十三萬緡，又奏免租庸十餘萬緡，困乏流亡盡歸。乃知賢者所存，不特空言而已。」

又《韻語陽秋》卷十三云：「元次山結屋浯溪之上，有三吾焉：因水而吾之，則曰浯溪；因屋而吾之，則曰㢈亭；因石而吾之，則曰峿臺。蓋取我所獨有之義，故自爲銘曰：『命之曰吾，旌《學海類編》本《韻語陽秋》作「莅」吾獨有。』噫，次山何其不達之甚耶！且身非我有，是天地之委形；生非我有，是天地之委和；性命非我有，是天地之委順；孫子非我有，是天地之委蜕。而次山乃區區然認山州叢薄之微，惑其靈臺，認爲我有，抑可哀也已！莊子曰：『獨往獨來，是謂獨有。獨有之人，是謂至貴。』次山儻知此乎？」

十四、宋洪邁《容齋隨筆》卷十四論《元子》中所載㝥方國二十國事，謂皆悖理害教，於事無補云云。全文見附録四

又《容齋隨筆》卷十四「次山謝表」條云：「元次山爲道州刺史，作《春陵行》，其序云：『州舊四萬餘户原序參閱本集卷三《春陵行》，此從略，待罪而已。』其辭甚苦，大略云：『州小經亂亡原詩參閱本集卷三《春陵行》，此從略，蒙責固所宜。』又《賊退示官吏》一篇，言賊攻永

破邵，不犯此州，蓋蒙其傷憐而已，諸使何爲忍苦征斂？其詩云：『城小賊不屠原詩參閲本集卷三《賊退示官吏》，此從略。迫之如火煎。』二詩憂民慘切如此，故杜老以爲今盗賊未息，知民疾苦，得結輩十數公，落落參錯天下爲邦伯，天下少安立可待矣，遂有『兩章對秋月，一字偕華星』之句。今次山集中載其謝上表兩通，其一云：『今日刺史若無武略原表參閲本集卷八《謝上表》，此從略，出之權門者也。』其二云：『今四方兵革未寧原表參閲本集卷九《再謝上表》，此從略，以貨賂權勢而爲州縣長官。』觀次山表語，但因謝上而能極論民窮吏惡，勸天子以精擇長吏，有謝表以來未之見也。世人以杜老褒激之故，或稍誦其詩，以《中興頌》故誦其文，不聞有稱其表者。予是以備録之，以風後之君子。」

十五、宋晁公武《郡齋讀書志》，謂結性耿介，有憂道閔世之意。並謂次山之文，辭義幽約，譬古鐘磬不諧於俚耳而可尋玩云云。全文參閲附録四

十六、宋高似孫《子略》卷四：「元子曰：『人之毒於鄉，毒於國，毒於鳥獸草木，不如毒其形，毒其命。人之媚於時，媚於君，媚於朋友郡縣，不如媚於厩，媚於室。人之貪於權，貪於位，貪於取求聚積，不如貪於道，貪於閑静。人之忍於毒，忍於媚，忍於詐惑貪溺，不如忍於貧苦，忍於棄廢。』英哉所言！次山平生辭章奇古不蹈襲，其視柳柳州又英崛，唐代文人惟二公而已。餘略」

十七、宋林希逸《唐甫里先生陸龜蒙文集敍》有云：「其詩似陳拾遺，其文似元道州。餘略」知次山之文，爲後世見重如此。

十八、宋黄徹《䂬溪詩話》卷六：「元道州《春陵行》云：所願見王官，撫養以惠慈。奈何重驅逐，不使存活爲？緩逋按，應作「逋緩」違詔令，蒙責固所宜。亦云貴守官，不愛能適時。《賊退示吏》云：使臣將王命，豈不如賊焉？今彼徵斂者，迫之如火煎。誰能絶人命，以作時世賢。子美志之曰：今盜賊未息，知民疾苦，得結輩十數公爲邦伯，萬物吐氣，天下少安，立可待矣。余謂漫叟所以能然者，先民後己，輕官爵，重人命故也。觀其賦石魚詩云：金魚吾不須，軒冕吾不愛。此所以能不徇權勢而專務愛民也。杜云：乃知正人意，不苟飛長纓。可謂深相知矣。」

十九、金元好問《元遺山詩集》卷十一《論詩絶句》三十首之十七云：「切響浮聲發巧深，研摩雖苦果何心？浪翁水樂無宮徵，自是雲山韶濩音。」

二十、明楊慎《升庵詩話》卷十「元次山好奇」條：「文章好奇，自是一病。好奇之過，反不奇矣。《元次山集》凡十一卷，《大唐中興頌》一篇，足名世矣。詩如《欸乃》一絶，已入選。《春陵行》及《賊退示官吏》雖爲杜公所稱，取其志，非取其辭也。其餘如《洄溪》詩：『松膏乳水田肥良，稻苗如蒲米粒長。糜色如珈玉液酒，酒熟猶聞松節香。』又，『修竹多夾路，扁舟皆到門。』東坡常書之。然此外無可留良矣。」

二十一、明王世貞《弇州山人四部稿》：「次山於文爾雅，然不能高，而愛身後之名，其銘亦類是。昔杜襄陽碑峴首，一絶頂，一深澗，曰：『吾懼千秋之後之陵谷也。』嗚呼，古人之於名如此！」

二十二、明陳繼儒《佘山詩話》卷上有云：「夫文人作吏，非厭其煩，則厭其俗。使摛辭之士盡如元次山，孰謂詞賦家不可入循吏傳耶？」按，此條於「夫文人作吏」句前，原有「元結刺道州承兵賦之後」一大段，全襲葛立方《韻語陽秋》文，惟「承兵賦之後」句「賦」字作「賊」字爲異耳，兹從删。《韻語陽秋》文見前十三條。

二十三、明瞿佑《歸田詩話》卷上「浯溪中興碑」條云：「元次山作《大唐中興頌》，抑揚其詞以示意。磨崖顯刻於浯溪上，後來黄魯直、張文潛皆作大篇以發揚之，謂肅宗擅立，功不贖罪。繼其作者皆一律。識者謂此碑乃唐一罪案爾，非頌也。惟石湖范至能八句云：『三頌遺音和者稀，形容寧有刺譏辭。絶憐元子春秋法，却寓唐家清廟詩。歌詠當諧琴搏拊，策書自管璧瑕疵。紛紛健筆剛題破，從此磨崖不是碑。』然誠齋楊萬里《浯溪賦》中間云：『天下之事，不易於處，而不難於議也。使夫謝奉策於高邑，稟重巽於西帝，違人欲而圖功，犯衆怒而求濟，則夫千麾萬旟者，果肯爲明皇而致死耶？』其論甚恕。」

二十四、清沈德潛《唐詩别裁》卷三：「次山詩自寫胸次，不欲規橅古人，而奇響逸趣，在唐人中另闢門仞。前人譬古鐘磬，不諧里耳，信然。」

二十五、清翁方綱《石洲詩話》卷一云：「元次山《别何員外》詩，結句『不然且相送，醉歡於坐隅』，與韓文公《送王含序》結句同旨，而韓尤妙矣。次山稱文章之弊，煩雜過多，欲變淫靡，以系《風》《雅》。然其詩樸質處過甚，此乃棘子成疾。周末文勝，等虎豹犬羊爲一鞟者也。天寶、至德之際，英哲相望，似未可盡以文勝抹之。君家遺山所云『風雲若恨張華少，温李新聲奈爾何』，未必次山之詩，遂爲有唐風雅正宗也。獨其詩序，則稍有致。觀《篋中集》所録，其意以枯淡爲高，如以孟東野詩投之，想必愜意也。」

二十六、清章學誠《元次山集書後》（《章氏遺書》卷十三）：「次山於文，前人評論已詳，大約抗節勵志，不可規隨，讀其書，可以想見其人。雖若矯勵大過，矜失之廉，然而亦君子矣。義山稱許其文，未免失實，必若所言，昌黎韓氏猶未敢任。至謂不必仲尼爲師，尤害於理。高氏《子略》取與柳州頡頏上下，似爲得之。第柳以少年驟進，中間得罪貶竄，謫居悔過，既已無望，於時其志將以傳後，故氣稍平。元則晚歲始達，中間浮沈亂世，既結主知，又多與時椎鑿，其心切於憤世，故氣尤亢。蓋其所處然也。元之面目，出於諸子，人所共知。其根蘊本之騷人，而感激怨懟奇怪之作，亦自《天問》《招魂》揚其餘烈，人不知也。洪氏謂其《元子》十卷，悖理害教。今觀洪氏所舉昏方二十國事，是亦憤世嫉邪之意，不以文害辭志，亦自無傷。蓋《元子》作於天寶乙未以前，次山之才，壯歲不獲一第，故本屈騷之志，而蕩肆於莊周之寓言。古人本自有此一種，無足怪也。至其涉世之文，高古淳樸，唐賢鮮有能及之者。使以次山之才之學，生後四五十年，得與昌黎韓氏同時酬唱講摩討論，則相如、揚雄並時生矣。人謂六朝綺靡，昌黎始回八代之衰，不知五十年前，早有河南元氏爲古學於舉世不爲之日也。嗚呼，元亦豪傑也哉！」

二十七、清洪亮吉《洪北江詩話》卷三云：「詩文之可傳者有五：一曰性，二曰情，三曰氣，四曰趣，五曰格。趣亦有三：有天趣，有生趣，有別趣。莊漆園、陶彭澤之作，可云有天趣者矣。元道州、韋蘇州亦其次也。」

又《北江詩話》卷三云：「有唐一代詩文兼擅者，惟韓、柳、小杜三家，次則張燕公、元道州。他若孫可之、李習之、皇甫持正，能爲文而不能爲詩。餘略」

二十八、清吳喬《圍爐詩話》卷二云：「詩貴和緩優柔而忌率直迫切。元結、沈千運是盛唐人，而元之《春陵行》《賊退》詩，沈之『豈知林園主，却是林園客』，已落率直之病。」

二十九、清潘相《浯溪詩序》《湖南文徵》卷六九：「予嘗聞詩之清者，必其人之心有以超然於貴賤貧富之外。今讀唐元次山浯溪詩，乃益信次山以挺異之才，積學有得。始著《元子》十篇，稱『元子』。避亂入猗玗洞，稱『猗玗子』。徙家溪上，稱『浪士』。客居樊上，稱『酒徒』，又稱『聱叟』。至其爲道州刺史，愛祁陽之山水，自呼『漫郎』。臨浯溪上爲漫郎宅，鑿溪巖爲窳樽，愛溪口之異石，亭其上，曰：『年將五十，始有吾亭。』懿乎居方伯之職，若與世之遷客騷人寄興寫懷者比，何其超然於物外也！唐自武德來文人蔚起，昌黎服膺者數人，而次山居其一。所謂高出魏晉，浸淫漢代原作「民」，疑爲「代」之誤者歟？抑聞次山之爲治也，蘇枯弱强，歸流亡户口萬餘，民安其教，競勸石頌德。故杜拾遺云：『今天下得結輩十餘公，參錯爲牧伯，萬物吐氣，海内乂安矣。』然則次山其不徒以詩見者乎？故其詩益有本，愚故並論之，使觀浯溪詩者，知所尚焉。」

三十、清劉熙載《藝概》卷二云：「元次山文，狂狷之言也。其所著《出規》，意存乎有爲；《處規》，意存乎有守。至《七不如》篇，雖若憤世太深，而憂世正復甚摯，是亦足使頑廉懦立，未許以矯枉過正目之。」

又卷三云：「元道州著書有《惡圓》《惡曲》等篇，其詩亦一肚皮不合時宜。然剛者必仁，此公足以當之。」

又云：「孔門如用詩，則於元道州必有取焉，可由『思狂狷』知之。『獨挺於流俗之中，强攘於已溺之後』，元次山以此序沈千運詩，亦以自寓也。」

又云：「次山詩，令人想見『立意較然，不欺其志』。其疾官邪，輕爵禄，意皆起於惻怛爲民，不獨《春陵行》《賊退示官吏作》足使杜陵感喟也。」

又云：「元韋兩家皆學陶，然蘇州猶多一慕陶直可庶之意。吾尤愛次山以不必似爲真似也。」

又云：「韋蘇州憂民之意如元道州，試觀《高陵書情》云：『兵凶久相踐，徭賦豈得閑。促戚下可哀，寬政身致患。日夕思自退，出門望故山。』此可與《春陵行》《賊退示官吏作》並讀，但氣别婉勁耳。」

又云：「代匹夫匹婦語最難，蓋飢寒勞困之苦，雖告人，人且不知，知之，必物我無間者也。杜少陵、元次山、白香山不但如身入閭閻，目擊其事，直與疾病之在身者無異。誦其詩，顧可不知其人乎！」

三十一、王闓運《王志》卷二《論唐詩諸家源流》云：「元結排宕，斯五言之善者乎？」陳兆奎附案云：「次山在道州諸作，筆力遒勁，充以時事，可誦可謡，其體極雅。少陵氣勢較博，而深永匀飭不若也。」

三十二、龍襲作：「詩人元結……《文學遺産》增刊一輯，文長不録」

三十三、湯擎民作：「元結和他的作品……人民文學出版社《唐詩研究論文集》，文長不録」

三十四、北京大學中文系一九五五級編《中國文學史（修訂本）》第四編第七章第一節中有論述元結及《篋中集》文一段，文長不録。

元集附録四

有關元結著作之主要著録與記載

《異録》約天寶五載，今不存

見元結《閔荒詩序》。

《元子》天寶十四載前，高似孫《子略》則謂天寶九至十二載，原書不存

一、元結《别韓方源序》：「乙未之前，次山有《元子》。」望按，乙未爲天寶十四載。

二、顔真卿《唐故容州都督兼御史中丞本管經略使元君表墓碑銘》後簡稱《元君表墓碑銘》引元結《自釋》：「少習静于商餘山，著《元子》十卷。」

三、李商隱《元結文集後序》：「次山有《文編》，有《後集》，有《元子》，三書皆自爲之序。」

四、宋祁《新唐書·元結傳》引元結《自釋》：「少居商餘山，著《元子》十篇。」

五、《新唐書卷五九·藝文志第四九》丙部子録儒家類：「元結《元子》十卷。」

六、洪邁《容齋隨筆》卷十四：「又有《元子》十卷，李紓作序。予家有之，凡一百五篇，其十四篇已見於《文編》，餘者大抵澶漫矯亢。而第八卷中所載㝠方國二十國事，最爲譎誕。其略云：方國之儡，盡身皆方，其俗惡圓。設有問者，曰：『汝心圓。』則兩手破胸露心，曰：『此心圓耶？』圓國則反之。言國之儡，三口三舌。相乳國之儡，口以下直爲一竅。無手國足便於手，無足國膚行如風。其說類近《山海經》。固已不韙，至云惡國之儡，男長大則殺父，女長大則殺母；忍國之儡，父母見子如臣見君；無鼻之國，兄弟相逢則相害；觸國之儡，子孫長大則殺之。如此之類，皆悖理害教，於事無補。次山《中興頌》與日月爭光，此雖不作可也（一作「若此書不作可也」）。惜哉！」

七、晁公武《郡齋讀書志》卷四上別集類：「《元子》十卷。右唐元結次山也，後魏之裔。天寶十三年進士，復舉制科，授右金吾兵曹，累遷容管經略使。始在商餘山，稱『元子』，逃難入琦玕洞，稱『琦玕子』，或稱『浪士』，漁者稱爲『聱叟』，酒徒呼爲『漫叟』，及官，呼『漫郎』，因以命其所著。結性耿介，有憂道閔世之意。逢天寶之亂，或隱，自謂與世聱牙。豈獨其行事而然，其文辭亦如之。然其辭義幽約，譬古鐘磬不諧於俚耳，而可尋玩。在當時名出蕭李下，至韓愈稱數唐之文人，獨及結云。」

八、高似孫《子略》卷四：「初，結居商餘山著書，其序謂天寶九年庚寅至十二年癸巳，一萬六千五百九十五言，分十卷，是蓋有意存焉。卷首有元氏家録，具紀其世次。」

九、鄭樵《通志·藝文略》第四諸子類儒術：「《元子》十卷，元結撰。」

十、《四庫全書總目提要》：「結所著有《元子》十卷，李商隱爲作序。《文編》十卷，李紓爲作序。又《猗玗子》一卷，並見《唐志》。今皆不傳。」河南《魯山縣志》（嘉慶元年武億纂刻本）云：案近坊刻傳前明歸震川彙集諸子，内載《元子》凡九篇。《時議》《時化》《世化》《心規》《處規》《出規》《戲規》《惡圓》《惡曲》等目，詞義皆淺近，與洪容齋、高似孫所録不符，疑亦附託爲之也。望案：《縣志》所稱傳歸震川彙集諸子，即傳爲歸有光編集之《諸子彙函》。次山書列唐代第八種，題曰次山子。復案：今《元次山集》中，《心規》《戲規》《處規》《惡圓》《惡曲》《水樂説》《訂司樂氏》並《浪翁觀化》四篇及《時化》《世化》二篇，皆次山習静商餘時所作，疑皆《元子》中篇章。又《觀化》序云：「浪翁，山野浪老也。聞元子亦浪然在山谷，病中能記水石草木蟲豸之化，亦來説常所化。凡四説。」據是，疑《元子》十卷中原有《水化》《石化》《草木化》《蟲豸化》等篇目。《諸子彙函》所收九篇，實爲《元子》中一部分作品。《魯山縣志》疑其全係附託，固非，或有以十篇爲十卷者，亦非。

《文編》天寶十二載初編，大曆二年再編，原書不存

一、元結《文編序》：「天寶十二年，漫叟以進士獲薦，名在禮部。會有司考校舊文，作《文編》……侍郎楊公見《文編》，歎曰：『以上第污元子耳，有司得元子是賴。』……爾來

十五年矣，……故所爲之文，多退讓者，多激發者，多嗟恨者，多傷閔者。……叟在此州，今五年矣。地偏事簡，得以文史自娱。乃次第近作，合於舊編，凡二百三首，分爲十卷。復命曰『文編』……時大曆二年丁未中冬也。」

二、顔真卿《元君表墓碑銘》：「天寶十二載舉進士，作《文編》。禮部侍郎楊浚曰：『一第汙元子耳，有司得元子是賴。』遂登高第。」

三、李商隱《元結文集後序》。引文見前，不再録。

四、皮日休《文藪序》：「咸通丙戌中，比見元次山納《文編》於有司。侍郎楊公湯當是「浚」字之訛見《文編》，歎曰：『上第汙元子耳。』」

五、《新唐書卷六十·藝文志第五十》丁部集録别集類：「元結《文編》十卷。」

六、晁公武《郡齋讀書志》卷四上别集類上：「元結《文編》十卷。」

七、鄭樵《通志·藝文略》第八别集第四：「元結《文編》十卷。」

望按：次山《文編》凡再輯。始輯於天寶十二載，是後迄於大曆二年，又復次第新作，合於舊編，凡二百三首，總名曰「文編」。李商隱《後序》所稱《文編》，疑即指天寶十二載所輯者。所稱《後集》，或者即十二載後所作，序所云「合於舊編」者歟？

《猗玗子》天寶十五載即至德元載及至德二載間作，今不存

一、元結《别韓方源序》：「乙未之後，次山有《猗玗子》。」

二、顔真卿《元君表墓碑銘》引元結《自釋》：「兵起，逃難於猗玗洞，著《猗玗子》三篇。」

三、《新唐書五九・藝文志四九》丙部子録小説家類：「元結《猗犴子》一卷。」

四、晁公武《郡齋讀書志》卷四别集類：「元結《琦玗子》一卷。」

五、鄭樵《通志・藝文略》第六諸子類第六小説：「《徛行子》一卷，元結撰。」

案：「猗玗」或作「猗犴」，或作「琦玗」，或作「徛行」，皆誤。當從石本作「猗玗」。此書唐著録三篇，至宋稱一卷，蓋以三篇并合之。

《浪説》至德三載即乾元元年，今不存

一、元結《别韓方源序》：「戊戌中，次山有《浪説》。」望按，戊戌爲至德三載即乾元元年。

二、顔真卿《元君表墓碑銘》引元結《自釋》：「將家瀼濱，乃自稱『浪士』，著《浪説》七篇。」

三、《新唐書卷五九・藝文志第四九》丙部子録儒家類：「元結《浪説》七篇。」

四、鄭樵《通志・藝文略》第四諸子類第六儒術：「《浪説》七篇，元結撰。」

《篋中集》乾元三年，今存

一、元結《篋中集序》：「於今凡七人，詩二十二首。時乾元三年也。」

二、《新唐書卷六十·藝文志第五十》丁部集録總集類：「元結《篋中集》一卷。」鄭樵《通志·藝文略》第八總集類著録同，不再録。

三、陳振孫《直齋書録解題》卷十五：「《篋中集》一卷。唐元結次山録沈千運、趙微明、孟雲卿、張彪、元季川、于逖、王季友七人詩二十四首，盡篋中所有次之。荆公詩選，盡取不遺。唐中世詩高古如此，今人乃專尚季末，亦異矣。館閣書目以爲結自作，入別集類，何其不審也！」

四、毛晉汲古閣本《篋中集》跋：「漫士逢天寶之後，置身仕隱間，自謂與世聱牙，不肯作綺靡章句。先輩譬之古鐘磬，不諧於俚耳，而可尋玩。今讀其篋中七人詩，亦皆歡寡愁殺之語，不類唐人諸選。然磊砢一派，實中世所難，宜荆公選録不遺也。或謂漫士自作，編入別集，謬矣。戊辰春分日，湖南毛晉記。」

五、永瑢等《四庫全書總目提要》卷一八六集部三九總集類一：「江蘇巡撫採進本。唐元結編。結有《次山集》，已著録。是集成於乾元三年，録沈千運、王季友、于逖、孟雲卿、張彪、趙微明、元季川七人之詩，凡二十四首。首有自序，稱『已長逝者遺文散失，方阻絶者不見近作，盡篋中所有，總編次之，命曰《篋中集》』。其詩皆淳古淡泊，絶去雕飾，非惟與當時作者門徑迥殊，即七人所作見於他集者，亦不及此集之精善。蓋汰取精華，百中存一，特不欲居刊薙之名，故託言篋中所有僅此云爾。其沈千運《寄祕書十四兄》一首，較《河岳英靈集》所載顛倒一聯，又少後四句，字句亦少有異同。而均以此本爲勝，疑結亦頗有所點定。館閣書目謂二十四首皆結作，則不然也。千運，吴興人，家於汝北。季友，河南人，家貧賣履，博極群書，豫章太守李勉引爲賓客，杜甫詩所謂豐城客子王季友也。逖里籍無考，李白、獨孤及皆有詩贈之。雲卿，河南人，或曰平昌人，嘗第進士，官校書郎，今所傳詩一卷，僅十七首，而悲苦之詞凡十三首，則亦不得志之士。彪潁，洛間人，杜甫詩所稱張山人彪者即其人。微明，天水人，名見竇臮《述書賦》。季川，即結弟元融，獨書其字，未詳其故。或融之子孫所録，如《玉臺新詠》之稱徐孝穆歟？」

六、丁丙《善本書室藏書志》：「《篋中集》一卷，影鈔宋本，唐元結次山編。前有乾元三年自序，末有臨安府太廟前大街尹家書籍舖刊行一條，實影宋本耳。」

《漫記》或作「漫説」，上元中作，今不存

一、顔真卿《元君表墓碑銘》引元結《自釋》：「及爲郎時，人以浪者亦漫爲官乎，遂見呼爲『漫郎』，著《漫記》七篇。」

二、《新唐書卷五九・藝文志第四九》丙部子録儒家類：「元結《漫説》七篇。」

三、鄭樵《通志・藝文略》第四諸子類第六儒術：「《漫説》七卷，元結撰。」

《元次山集》

一、陳振孫《直齋書録解題》卷十六別集類：「《元次山集》十卷，唐容管經略使河南元結次山撰。蜀本但載自序，江州本以李商隱所作序冠其首。蜀本《拾遺》一卷，《中興頌》、五規、二惡之屬皆在焉，江本分寘十卷。結，自號『漫叟』。」

二、永瑢等《四庫全書總目提要》卷一四九集部別集類：「《次山集》十二卷内府藏本，唐元結撰。結事蹟具《新唐書》本傳。結所著有《元子》十卷，李商隱爲作序，《文編》十卷，李紓爲作序，又《猗玗子》一卷，並見《唐志》，今皆不傳。所傳者惟此本，而書名卷數皆不合，蓋後人摭拾散佚而編之，非其舊本。觀洪邁譏所記二十國事，如方國、圓國、言國、相乳國、

無手國、無足國、惡國、忍國、無鼻國、觸國之類，見於《容齋隨筆》者，此本皆無之，則其佚篇多矣。結性不諧俗，亦往往迹涉詭激。初居商餘山，自稱『元子』，及逃難猗玗洞，稱『猗玗子』，又或稱『浪士』，或稱『聱叟』，或稱『漫叟』，爲官或稱『漫郎』，頗近於古之狂。然制行高潔，而深抱閔時憂國之心。文章戛戛自異，變排偶綺靡之習。杜甫嘗和其《舂陵行》，稱其可爲天地萬物吐氣。晁公武謂其文如古鐘磬，不諧俗耳。高似孫謂其文章奇古不蹈襲，蓋唐文在韓愈以前，毅然自爲者自結始，亦可謂耿介拔俗之姿矣。皇甫湜嘗題其《浯溪中興頌》曰：『次山有文章，可惋只在碎。然長於指敍，約潔有餘態。心語適相應，出句多分外。於諸作者間，拔戟成一隊。』其品題亦頗近實也。」

三、章學誠《元次山集書後》《章氏遺書》卷十三：「《元次山集》十二卷，淮南黄又研旅訂刊。黄又不知何時人，淮南亦不知何縣治。無題跋，不知其訂刊歲月。楮板精佳，款式亦似近代人所爲。大兒貽選購之五柳居陶氏書估，可寶貴也。晁氏《讀書志》有『《元子》十卷，《琦玗子》一卷，《文編》十卷』。按次山自序，《文編》十卷，凡二百三首，今正集十卷，實二百四首，當是傳誤也。陳氏《書録解題》『《元次山集》二本。蜀本但載自序，江州本以李商隱序冠首。蜀本《拾遺》一卷，《中興頌》、五規、十惡之屬皆在，江本則分置十卷』。按商隱序，《次山文集》有《文編》，有《後集》，有《元子》，三書皆自爲之序。《心經》已下若干篇，是外曾孫遼東李惲辭收得之，爲元文《後編》，而《琦玗子》一卷者反不在録。『後集』一作『詩集』，未知孰是。宋陳晁二家所録則無《後集》《後編》，而所謂蜀本《拾遺》一卷者，不知何人所稱疑稱爲編之誤。今本《拾遺》二十三篇，分爲二卷，而五規與《惡圓》《惡曲》二篇在《拾遺》前卷。通檢《正集》十卷與《拾遺》二卷，亦無十惡篇目，其《中興頌》則在《正集》第六卷中，與蜀本所謂俱在《拾遺》，與江州本所謂分置十卷者，俱不合。其《琦玗子》，集中又閒作『猗玗子』，當是傳寫之訛。洪容齋《隨筆》謂次山《文編》十卷，李商隱作序，今九江所刻是也。又有《元子》十卷，李紓作序，凡一百五篇，其十四篇已見《文編》。其餘大抵澶漫矯亢，悖理害教，於事無補。按《元子》一百五篇，今亦未見，而洪氏謂見《文編》者一十有四，則今集中有稱『猗玗子』者，疑即所著《琦玗子》。一卷之中，亦有出入者也。又次山自序《文編》，今在《拾遺》後卷，與蜀本《拾遺》一卷而自序冠於首者，亦不相合。序末書大曆三年丁未中冬，按大曆三年當是戊申，丁未乃在二年。次山本傳，卒年五十。按次山《別王佐卿序》，癸卯歲，元結年四十五。癸卯爲代宗廣德元年，是年，次山年四十五，其生當在玄宗開元七年己未。卒年五十，正代宗大曆戊申，撰序又在中冬，疑三年爲二年之悮，撰後一年而次山遂卒。遺文當遺無多，疑商隱所謂《後集》，或集詩集者爲近之，然自序卒不可見，當闕疑也。」望按，次山生開元七年，卒大曆七年，五十四歲。顏魯公《元君表墓碑銘》載次山五十歲，誤也，其所記卒於大曆七年則不誤。章實齋謂次山生開元七年者是，謂次山年五十，卒大曆三年者，亦誤。

四、黄丕烈《士禮居藏書題跋記》卷五「唐漫叟文集」條：「此《唐漫叟文集》十卷并《拾遺》《拾遺續》。舊刻本余向得諸書肆中，篋藏之久矣。頃書船攜一本來，初寓目，疑與此刻同，及取對勘，乃知是本在先，而後得者爲明正德湛若水校刊本，且脱《拾遺續》一種，非全本也。然有《自序》《自釋》兩篇，文字較此又異，因並儲之。此外又有雍正時天都黄氏刻本，强分十二卷，更非其舊。可知書以重刻而愈失其真，勢所必然者爾，爲之三歎。嘉慶歲在己未冬十二月八日黄丕烈識。」

元集附録五

元次山事迹簡譜據拙撰《元次山年譜》節録

唐玄宗李隆基開元七年（七一九），己未，閏七月。

元結生。一歲。

結，字次山，後魏常山王遵十二世孫。高祖善禕，代居太原。曾祖仁基，字惟固。祖亨，字利貞。父延祖，以魯縣今河南魯山縣商餘山多靈藥，遂家焉。

開元二十三年（七三五），乙亥，閏十一月。

次山十七歲。

始折節向學，事從兄元德秀字紫芝。

唐玄宗天寶五載（七四六），丙戌，閏十月。

次山二十八歲。

是歲，浮隋河，至淮陰間，作《閔荒詩》。

天寶六載（七四七），丁亥。

次山二十九歲。

玄宗欲廣求天下之士，命通一藝已上皆詣京師。時次山與杜甫俱應試長安杜甫年三十六。相國李林甫以草野之士猥多，恐漏泄當時之機，斥言其姦惡，乃令尚書省試，皆下之，而表賀野無遺賢。次山旋即歸於商餘。

天寶七載（七四八），戊子。

次山三十歲。

是歲，復遊長安，作《丐論》以諷當道。

天寶九載（七五〇），庚寅。

次山三十二歲。

多病，習静於商餘山。自此迄天寶十二載自稱「元子」，著《元子》十卷。

天寶十二載（七五三），癸巳。

次山三十五歲。

作《文編》。禮部侍郎楊浚知貢舉，賞識之，舉進士。

天寶十三載（七五四），甲午，閏十一月。

次山三十六歲。

楊浚知貢舉如舊，次山擢進士第。旋復歸於商餘。

天寶十四載（七五五），乙未。

次山三十七歲。

友人吴興張君爲玄武縣大夫，作《送張玄武序》以贈其行。十一月，范陽節度使安禄山反。禄山既反，延祖召結，戒勿自安山林結父延祖之卒，大約在本年禄山既亂之後，或至德元載舉家南避之前，年七十六。

玄宗天寶十五載肅宗李亨至德元載（七五六），丙申，七月改元。

次山三十八歲。

正月，安禄山僭號於東京。六月，潼關不守，玄宗出奔，京師陷。七月，李亨即位於靈武。是歲，次山舉家南奔，避難於碙之猗玗洞，自號「猗玗子」。兩年間，作《猗玗子》三篇。

至德二載（七五七），丁酉，閏八月。

次山三十九歲。

正月，安禄山爲子慶緒所殺。九月，郭子儀等收復西京。十月，復東京，肅宗還長安。十二月，史思明降。

至德三載乾元元年（七五八），戊戌，二月改元。

次山四十歲。

九月，朔方節度郭子儀、河東節度李光弼等九節度大舉討安慶緒，史思明復反。次山既南奔猗玗洞。是歲，復將家自全於瀼溪今江西瑞昌縣，自號「浪士」，作《浪説》七篇。

乾元二年（七五九），己亥。

次山四十一歲。

二月，史思明稱燕王於魏州。三月，九節度兵潰。九月，洛陽陷，將犯河陽，李光弼拒之。肅宗問天下士，國子司業蘇源明薦結可用，召詣京師。時韋陟爲禮部尚書，禮遇之。十二月，次山奉命於唐鄧汝蔡等州招緝義軍，汝南山棚高晃等率五千餘人，一時歸附，於是史思明不敢南侵。

乾元三年上元元年（七六〇），庚子，閏四月改元。

次山四十二歲。

次山理兵泌南，瘞戰死亂骨，作《哀丘表》。　四月十三日，山南東道將張維瑾或作「張瑾」、曹玠殺其節度使史翽。　次山前後守險泌陽，全十五城，以功除監察御史裏行。

四月二十四日，來瑱爲山南東道節度使。瑱至州，張維瑾降。時次山參來瑱府，自經逆亂，州縣殘破，唐鄧兩州尤甚。次山憂國恤民，前後曾請省減官員，爲將士隨軍父母請給食糧，並請收養孤弱，瑱皆納之。　七月，授呂諲荆州大都督府長史，兼御史大夫，充荆南節度使。諲辭以無兵，肅宗曰：「元結有兵在泌陽。」乃進次山水部員外郎，兼殿中侍御史，充節度判官，佐諲拒賊。次山既仕，或謂浪者亦漫爲官乎，呼爲「漫郎」，因作《漫記》七篇。　九月，改荆州爲江陵府，稱南都，以呂諲爲尹，次山佐諲幕，曾因廉問到岳州。　是歲，次山盡篋中所有沈千運、趙微明、孟雲卿、張彪、元季川、于逖、王季友等七人詩二十四首編爲《篋中集》，作《篋中集序》。

上元二年（七六一），辛丑。

次山四十三歲。

爲荆南節度判官水部員外郎兼殿中侍御史如故。　三月，史思明爲子朝義所殺。　時有道士申泰芝以左道事李輔國，輔國奏於道州界置軍，令泰芝爲軍校，誘引邊徼人民，納其金帛。潭州刺史龐承鼎縶之，首贓巨萬。輔國黨泰芝，誣言承鼎反，並判官吴子宜皆被决殺，推官嚴郢坐流，復命次山按覆。次山建明承鼎，獲免者百餘家。　時次山領荆南之兵鎮於九江，方在軍旅，不得與瀼溪鄰里時相往還，作《與瀼溪鄰里》以抒思念之情。　黄州刺史左振有惠政，將去，黄人多去思，次山爲作《左黄州表》。　是歲八月撰《大唐中興頌》。

肅宗寶應元年(七六二),壬寅,四月改元。

次山四十四歲。

爲水部員外郎如故。　呂諲病劇於江陵,次山爲作《謝病表》。諲死,次山爲作《呂公表》。時淮西節度使王仲鼎爲賊所擒,裴茂與來瑱交惡,次山代諲知荆南節度觀察使事。經八月,境内晏然。諲姪季重,貧無所依,次山作狀舉之。　是歲,李隆基及肅宗李亨相繼死,代宗李豫即位。　次山以老母久病,乞免官歸養,代宗許之。拜著作郎,乃家於武昌樊水之郎亭山下。漁者稱爲「聱叟」,酒徒稱爲「漫叟」,著《自釋》以見意。時孟彦深士源爲武昌令,與次山過從甚密。浪亭西乳有窊石,石顛有窊,次山修以藏酒,孟士源愛之,命爲「抔樽」,次山爲之銘。抔樽之下有湖,名之曰「抔湖」,作《抔湖銘》。湖西南有谷,士源命之曰「退谷」,次山作《退谷銘》。

代宗李豫廣德元年(七六三),癸卯,七月改元,閏正月。

次山四十五歲。

正月,李懷仙斬獻史朝義首請降。　來瑱有罪伏誅。　次山仍家樊上。自以年過四十,長子尚未及冠,因作《漫酬賈沔州賈德方》以見意。　王契字佐卿將去西蜀,次山作《别王佐卿序》以送遠。　夏,孟彦深調鎮湖南,馬珦兼理武昌。珦曾構廣宴亭於樊山,構殊亭於郎亭山，次山爲作《廣宴亭記》《殊亭記》。九月，授次山道州刺史。十二月，始於鄂州啓程赴任。是月，西戎陷道州，焚燒殺掠，幾盡而去。

廣德二年（七六四），甲辰。

次山四十六歲。

五月二十二日，次山到道州。到官未五十日，諸使徵求，符牒二百餘封，云失其限者，罪至貶削。次山以應命則州縣亂，違命又獲罪戾，乃作《舂陵行》以抒寧待罪以安民，毋邀功而賊民之意。並進《免科率狀》，請免百姓所負租雜等税，代宗許之。是歲，西原民攻永州，破邵，不犯道州，作《賊退示官吏》。

代宗永泰元年（七六五），乙巳，閏十月。

次山四十七歲。

在道州任，中間曾遊九疑山，宿無爲觀，遊無爲洞，均作詩以紀之。又以虞舜葬蒼梧，在其封内，因立舜祠於州西之山南，爲之刻石立表。王及將之容州耿慎惑幕，次山作序以贈行。是年夏，次山罷守道州，赴衡陽，遇故人劉灣字靈源，相與歡聚月下，賦詩詠懷。作《劉侍御月下讌會》詩。孟彦深字士源鎮湖南將二歲，是夏建茅閣，次山爲作《茅閣記》。潭州刺史崔瓘去官，次山作《崔潭州表》。何昌裕爲户部員外郎，收賦到江湖，贈次山皮弁，次山書謝之。異日相遇，醉歡之餘，且別，作《别何員外》詩。

永泰二年大曆元年（七六六），丙午，十一月改元。

次山四十八歲。

孟雲卿初爲校書郎，將赴南海，次山作《别孟校書》詩以贈其行。　是歲春，次山奉命再爲道州刺史。既到州，作《再謝上表》。　旋遵舊制立舜廟於州西。三月十五日，進《論舜廟狀》，乞免近廟一二家令歲時拂灑。五月，詔可。次山又以前年道州爲西原民侵陷，三年已來，人實疲苦，乃進《奏免科率狀》，請放免配率錢物，許之。　處士張季秀介直高尚，次山愛之，作《舉處士張季秀狀》以請褒揚。處士卒，作《張處士表》。　夏，次山巡屬縣至州南江華。縣大夫瞿令問築亭縣南之山石上，次山命之曰「寒亭」，作《寒亭記》。又與令問遊縣東南六七里之陽華岩，作《陽華岩銘》，令問刻之岩下。　十一月，次山作《窊樽銘》，刻於道州左湖東之山巖上。　冬，自道州詣長沙，計兵事，至零陵，遊郭中，得岩與洞，命曰「朝陽岩」，作《朝陽岩銘》。

大曆二年（七六七），丁未。

次山四十九歲。

前以軍事詣長沙，是歲二月還道州，泛湘江，過零陵。逢春水，舟行不進，作《欸乃》五曲。

是歲，杜甫年五十六。在夔州，作《同元使君舂陵行》。次山曾作《峿臺銘》，是歲六月十五日刻石，在祁陽。冬，次山仍在道州任，次第近作，合於舊編，凡二百三首，命曰「文編」，作《文編序》。

大曆三年（七六八），戊申，閏六月。

次山五十歲。

歲初，次山猶在道州，旋即調赴容州。容州自爲西南民張侯、夏永等攻陷後，前後經略使皆寄理藤州，或寄梧州。次山既離道，夏四月十六日復奉命爲容州刺史中丞充本管經略守捉使，使持節都督容州諸軍事。次山以母老身病，不堪遠行，進《讓容州表》乞停所授。次山理容政實寄理於梧州，單車入於夷庭，親自撫諭，六旬而收復八州。八月，貶御史大夫崔渙爲道州刺史。十二月，崔渙卒。次山有《𢈴廎銘》，是歲刻石，在祁陽。

大曆四年（七六九），己酉。

次山年五十一。

次山既進表陳讓容州職事，代宗察其懇至，欲追之入朝，書命未到而丁母憂。夏四月十三日，起復次山守金吾衛將軍，員外置同正員，兼御史中丞，使持節都督容州諸軍事，兼容州刺史，充本管經略守捉使，賜紫金魚袋。次山以適丁母憂，寄柩永州，懼亡母旅櫬，歸葬無日，作《再讓容州表》，請刺史王庭璬進呈，乞收新授官誥，許之。次山既辭容任，長孫全緒承其乏。

大曆五年（七七〇），庚戌。

次山五十二歲。

是歲，王翃繼長孫全緒爲容州刺史容管經略使。　是歲春，杜甫在潭州。夏四月避臧玠亂，入衡州。欲如郴州依舅氏崔偉，因至耒陽。秋，竟以寓卒，年五十九。　是歲，次山守制家居祁陽浯溪。

大曆六年（七七一），辛亥。

次山五十三歲。

次山仍家浯溪，號其居曰「漫郎宅」，所作《右堂銘》，是歲刻石，在浯溪。前於上元中所撰《中興頌》，亦於是歲夏六月刻石，在浯溪石崖上，俗謂之摩崖碑。

大曆七年（七七二），壬子。

次山五十四歲。

春正月，朝京師，遇疾。夏四月庚午，逝世於永崇坊之旅館，贈禮部侍郎。冬十一月壬寅，葬於魯山青嶺泉陂原。　次山三子：友直、友正、友讓。